KB050909

우리가 사는 이곳이
눈 내리는 레일 위라면

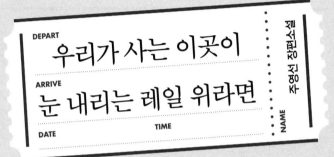

DEPART

우리가 사는 이곳이

ARRIVE

눈 내리는 레일 위라면

DATE   TIME

주영선 장편소설

NAME

00 문학수첩

차례

1

바람이
불어오면

외벽을 타고 올라온 능소화 한 송이가 창밖 문틀 위에서 하늘거린다. 흐린 하늘을 가로지르는 전깃줄을 배경으로 핀 꽃송이는 마치 어느 지하실 천장에 매달린 백열등 같다. 연오는 진료실 책상에서 일어나 창가로 간다. 잔디밭 가장자리를 따라 탐스럽게 자라고 있는 측백나무가 바람에 흔들린다. 측백나무를 울타리로 한 정원에는 능소화 외에는 꽃이라고는 없다. 근무지를 이동할 때마다 연오의 시선이 마지막까지 머무는 곳은 직접 심고 키워 온 꽃들이었다. 연오는 이곳에서는 꽃을 심지 않는다.

오늘 아침 8시경에 동료 구애신이 연오에게 전화를 한 건 이례적이다.

-딸내미 등교시키는 길이지? 나 지금 경찰서에 가는 중이야. 너는 오후 두 시까지 가면 돼.

등교 시간 교문 앞은 붐볐다. 부모의 차를 타고 등교하는 학생들은 교문 앞에서 내리지만, 은서는 연오가 교실 앞까지 데려다줘야 한다. 연오의 딸, 은서는 올해 고등학교 2학년이며, 중증 발달장애아다. 연오는 교문 안으로 차를 몰면서 되물었다.

-경찰서?

-그거, 실습사건! 시민단체에서 고발했잖아.

-우리가 고발당한 게 아닌데 왜 가야 하냐구?

-야, 그냥 한 번 갔다 오면 되나 보더라. 하여튼 끝나면 들를 테니까 자세한 얘기는 그때 해. 이만 끊어!

구애신은 지금은 다른 사업소에 파견근무를 나가 있는 전임 보건소장 X가 보건소장 자리에 있던 십여 년 동안 보건진료소장 아홉 명에 대한 대표였다. 그때 소위 보건소장 X라인에 합류했다. 올해부터는 연오가 보건진료소장 대표직을 맡고 있지만, 구애신을 통해 이런 식의 출석통보가 이루어지는 것은 그런 특수성 때문인 것 같다.

　포구를 따라 늘어선 횟집을 향해 승용차들이 줄을 잇는
다. 곧 피서철이긴 하지만 대부분은 같은 공간에서 일하는
동안만큼은 서로에게 공을 들일 필요가 있다고 생각하는
직장인들일 것이다. 연오도 학생들이 실습을 나오면 삼삼
오오 몰려드는 그 행렬에 합류하여 학생들과 함께 신선한
해물 점심을 먹기도 했다. 학생들은 해긋시에 있는 을유대
학교 간호학과 재학생들이다.

　을유대학교는 20여 년 전 간호학과를 신설하면서 관내
시보건소와 9개 보건진료소 중 몇 곳을 지역사회간호학
현장실습기관으로 지정했다. 초대 지역사회간호학과장인
유경조 교수는 오지 무의촌 마을에 위치한 보건진료소를
방문하여 협조를 구한 후 협약을 맺었다. 상급부서인 시보
건소의 독려 아래 보건진료소장들은 실습지도 강사로 위
촉되었다. 실습지도 규모는 일 년에 4주, 학기마다 2주간.
총 네 팀이었고, 팀당 학생 수는 십여 명이었다. 학생들이
마을의 공중보건상황을 돌아보며 전반적인 지역사회진단
을 하는 것이 현장실습의 주요 내용이었지만, 실제 대상은
주로 노인들이었다.

실습이 끝나면, 보건진료소장들은 학생들의 실습지도 결과를 출석부와 함께 학교로 보냈고, 학교 측에서는 실습 지도비 명목으로 보건진료소장들의 개인계좌에 학생 한 명당 4천 원을 산정하여 송금했다. 이것으로 실습지도는 마무리되었다.

후끈한 바닷바람이 연오의 뺨에 닿는다. 빗방울이 뿌려 지며 능소화 꽃잎이 떨어진다. 연오는 창문을 닫으며 고개 를 돌려 벽시계를 본다. 구애신은 오지 않을 것 같다. 오전 에 경찰서에서 나왔다면, 저 승용차 행렬 속에 포함되어 이 마을 어딘가에서 따끈한 흰밥에 회를 얹은 회덮밥을 먹 고 있을지도 모른다. 연오는 방금 노인들이 나간 건강증진 실로 가서 창문을 닫고 물리치료기의 전원을 끈다. 그리고 구석에 놓인 의자에 앉아 잠시 생각에 잠긴다.

동산리 노인들이 남쪽으로 꽃놀이를 다녀오고, 학생들 이 봄 학기 실습을 마치고 돌아간 직후인 지난 4월의 어느 날이었다.

-소장! 일루와 봐. 저거 머여?

건강증진실에 있던 노인들이 연오를 불렀다. 연오는 진 료실 책상에서 조금 전에 측정한 노인들의 혈당수치와 혈

압을 컴퓨터에 입력하는 중이었다. 건강증진실과 진료실은 유리벽으로 나뉘어졌고 문이 없는 오픈형이었다. 대화를 멈춘 노인들의 시선이 모두 티브이 화면 쪽에 가 있는 것을 보고 연오는 책상에서 일어나 건강증진실로 갔다.

-배가 가라앉았다고 하는데, 전원 구조되었다고 하네요.

그때, 메일 도착 알림음이 울렸다. 연오는 책상으로 돌아와서 메일을 열었다. 조사계 배제유라는 이름으로 온 메일이었다. 배제유는 시보건소 간호사 모임인 '백합회'의 회계질서 문란에 대한 내부자의 고발이 있어 조사한다고 했다. 시보건소에서 간호학생 실습지도를 한 간호사들에게 지급되어야 할 실습지도비를 백합회 간부들이 가로챘다는 것이다. 보건진료소장들과 시보건소 간호사들은 대부분이 지역의 같은 간호학교 선후배 관계이지만 연오는 그간 백합회의 존재에 대해 들어 본 적이 없었다.

백합회 회원의 자격 조건이 '시보건소에 근무하는 간호사'라면, 8급직 간호사부터 5급인 현 보건소장 S까지 포함되었다는 뜻이다. 배제유는 일선의 보건진료소장들이 백합회원은 아니지만 실습지도비를 받았기 때문에 조사가 필요하다고 하며 5년 치 실습지도비 수령 내역 제출을 요구했다.

연오는 터져 나올 것 같은 비명을 누른 채 소명자료를 준비하기 시작했다. 보건진료소장들은 백합회 회원인 시보건소 간호사들과 다르다는 것을 이미 아는 사람들을 상대로, 이미 다 아는 그 사실을 반복해서 말해야 하는 상황이다.

1980년대 무의촌 산간벽지에 설치된 보건진료소에 파견된 간호사 인력이 보건진료원, 현 보건진료소장이다. 간호학과에 다니는 학생 중 일부를 장학생으로 선발하여 장학금을 지급하고, 졸업 후에는 무의촌 보건진료소에서 일정기간 별정직 신분으로 의무복무를 하게 했다. 임용 전, 기초진료에 필요한 기술습득을 위해 6개월간의 의과대학 위탁교육과정을 이수했다. 그런 특수한 사정으로 선발된 보건진료소장들은 시보건소에서 근무할 수 없었고, 승진도 제한되었다. 보건소 내 간호사 모임인 백합회에도 끼지 못한 보건진료소장들은 조직 언저리에 걸쳐진 반쪽짜리 공무원이다. 그런데 그들 사이에 무슨 일이 일어나면 보건진료소장들이 표적이 되기도 했다.

시청 청사 주변에는 목련과 개나리와 연산홍이 솟아오르듯 피고 있었다. 진입로에 장식된 자잘한 꽃들을 따라가

우리가 사는 이곳이 눈 내리는 레일 위라면

며 들어갈 때는 마치 레드카펫이라도 밟는 것 같은 착각이 들 정도로 눈부신 봄날이었다. 11층 조사실에 조사계장 배제유가 앉아 있었다.

-오랜만입니다. 거듭 말하지만, 내부고발자가 있었기 때문에 우리로서는 조사할 수밖에 없다는 것을 알았으면 합니다. 학생 실습비를 개인통장으로 받아서 용도에 맞지 않게 쓴 것 같은데…….

차가운 표정, 다른 여지를 주지 않겠다는 뉘앙스를 담은 목소리, 그것은 마치 누구나 누릴 수 있는 저 창밖의 봄이 연오와는 상관없는 거라고 말하는 것과도 같았다.

-보건진료소에서는 협약서에 따라 실습지도를 했고, 실습강사 자격으로 강사비를 받았어요. 내부고발자도 보건진료소장들은 백합회원이 아니라는 걸 알고 있을 거예요.

-내부고발자는 법에 따라 보호해야 하므로 어떤 것도 확인해 줄 수 없어요. 아무튼, 공무원이 외부로부터 돈을 받아서 개인적으로 썼다는 건, 문제가 있지요.

배제유는 문서를 뒤적이고 있었으나 꼭 무엇을 찾으려고 하는 것 같지는 않았다.

-추가업무에 따른 개인수당이에요.

-공무원이 근무시간에 돈을 받고 업무 외의 일을 하면,

겸직금지의무 위반에 해당합니다. 우리 시의 직원 업무분장표에 실습지도라는 건 없어요.

배제유가 단정적으로 말하며 급하게 결론을 내렸다.

-업무분장표에 없는 일을 해야 하니까, 협약을 맺은 거지요. 관학 협약에 따라 수년간 해 온 업무를 갑자기 겸직금지의무 위반으로 보신다는 건가요?

-어찌 되었건, 직원들끼리 자꾸 이런 문제가 생기니까 조사를 안 할 수도 없고…… 우리도 골치 아픕니다. 이런 일이 생기지 않도록 하는 방법은 뭐라고 생각하는지 어디 얘기나 들어 봅시다.

조사의 동기가 내부고발이 맞다면, 시보건소 직원들 간에 불거진 문제일 가능성이 컸다. 시보건소 직원들이 가끔 서로를 비방하는 글을 게시판에 쓰기도 했는데, 그 대부분은 승진 문제와 관련한 글이었다. 별정직이었던 보건진료소장들은 2년 전, 관련법의 개정으로 정년까지 근무할 수 있는 신분은 보장되었으나 여전히 승진은 제한되었다. 따라서 '간호직'과 '보건직'으로 구성된 백합회원들끼리 승진을 둘러싸고 촉발된 이 암투에 대해 연오가 특별히 해야 할 말이 있을 리 없었다.

-누군가 문제를 제기했다면, 그 문제가 잘 해결되길 바

랍니다.

-제대로 해 보려고 저 조사용 의자에 여럿 앉혀 봤지만 완강합디다. 눈에 보이는 것도 모른다거나 기억이 나지 않는다고 하며 모든 혐의를 부인했어요. 그래서 우리도 이럴 수밖에 없는 거고, 그게…… 보건진료소장들에 대한 여론도 좋지 않다는 거 알지요? 시골 노인들한테 소장님, 소장님 소리 들어가며 독직을 일삼는다고 벼르는 사람들이 많으니까 조심해요!

공무원들만큼 말을 가리고 조심하는 부류도 드문데, 뜻밖에 배제유의 말이 길고 험했다. 보건진료소장들도 다른 직렬처럼 승진이 가능해서 위로 '보건진료과장'이나 '보건진료국장'같은 고위직급이 있다면, 그런 식으로 말하지는 못할 것이다. 배제유는 잠시 말을 멈추고 뭔가 망설이는 듯하더니 내뱉듯 말했다.

-그리고 말입니다. 알아보니까 신연오 씨도 해당화 회원이던데요.

배제유는 대단한 거라도 알아낸 사람처럼 빙글빙글 웃었다.

-시보건소 소속 여직원은 모두 해당화회 회원이지요.

-바로 그 점이 문젭니다. 그런 사모임에 회비를 내며 힘

1 바람이 불어오면

을 실어 주니까 시보건소는 매일 시끄러운 거고, 우리까지 골치가 아픈 겁니다.

-회원가입서를 내서 회원이 된 게 아니고 어느 날 모임을 만들었다고 하며 회비납부를 공지했어요. 돈을 안 내고 있으니까 납부내역을 이메일로 공개하며 붉은 글씨로 미납자를 따로 표시를 했구요.

-해당화회 회장이 누군지 아시지요?

-네.

-현 보건소장이 백합회 초대회장이면서 해당화회도 만든 걸로 알고 있어요. 그래서 말인데요. 왜 공무원이 조직 안에서 몇 개씩 사모임을 만들고 또 직원들은 거기에 아무런 저항 없이 협조를 해 왔는지 이해가 안 됩니다.

-여기에서는 영향력 있는 누군가의 표적이 되면, 모두로부터 포위될 수 있다는 걸 각오해야 하니까요.

-그러니까 한 사람이 문제가 아니라 다 문제지요. 여기 확인서에 서명하고 얼른 끝냅시다! 기껏 해 봐야 견책 정도밖에 안 나오니까 신경 안 써도 돼요!

확인서는 미리 작성되어 있었다. 연오 본인이 대학 측으로부터 '실습지도사업'을 위탁받은 후, 위탁금을 상급기관에 신고하지 않은 채 개인계좌로 수령하여 불법으로 사용

우리가 사는 이곳이 눈 내리는 레일 위라면

하였고, 이는 '업무상 횡령'에 해당한다는 것임을 인정한다는 내용이었다. 배제유가 언급했던 '겸직금지의무 위반'에 대한 사항은 없었다. 연오는 혼란스러웠다.

　-제가 다시 말씀드릴게요. 학생 실습지도가 위탁사업이었다면, 학교는 사업 시행이 이루어지기 전에 사업에 필요한 돈을 미리 지급한 다음, 사업이 끝난 후에는 회계정산을 요구해야 해요. 그런데 학교에서 지출한 돈은, 위탁금이 아니고 실습강사에게 주는 수당이었기 때문에 실습지도가 끝난 뒤에 개인계좌로 지급된 거죠. 여기 제출한 실습지도비 지급계좌 내역에 있는 날짜와 실제 실습이 이루어진 날짜를 비교해 보시면 알 수 있어요.

　연오는 서명을 하지 않은 확인서를 준비해 온 증빙자료 일체와 함께 배제유에게 건넸다. 자료는 5년 치 협약서와 실제 실습이 이루어진 날짜를 알 수 있는 학교 측의 실습지도 계획서와 출석부, 그리고 학생들과 연오가 함께 작성한 실습지도 일지와 학생들이 제출했던 리포트였다.

　배제유는 일어나서 바지 주머니에 두 손을 넣고 한참 동안 자료를 내려다보았다. 그리고 조사실을 나갔다가 잠시 후에 들어와 앉으며 선포하듯 차갑게 말했다.

　-날인 거부로 종료합니다! 마지막으로 할 말 있으면 해요!

-아시겠지만 2년 전에 보건진료소장들은 정규직이 되면서 신분 보장에 대해서는 보완이 되었지만, 그동안 진료 수입으로 자체 조성한 보건진료소 운영기금은 모두 시금고로 들어갔어요. 법인카드 하나 받지 못한 채 볼펜 한 자루, 종이 한 장도 같은 사무실에 근무하는 것도 아닌 시보건소 직원들에게 부탁해야 하는 상황이 된 거죠. 그렇다면 그때, 간호학생 실습지도도 협약사항을 수정, 보완해서 실습지도비 출납을 시금고로 일원화시키거나 하는 조치를 했어야 하지 않을까요? 그리고 저는 이 조사 건으로 간호학과 학생들이 20년간 해 온 실습을 중단하게 되는 상황이 과연 옳은가 하는 생각도 듭니다.

-이거 가지고 이제 가요.

배제유는 꺼림칙하다는 듯한 표정으로 자료 보따리를 가리키며 다시 조사실을 나가 버렸다.

며칠 뒤, 시조사계는 감사결과를 문서로 발표했다. 연오는 전자문서함에 등록된 '학생임상실습비 징수 및 사용실태 조사결과 처분요구'라는 문서를 주의 깊게 보았다. 시보건소 일부 간호사들이 수행한 학생임상실습지도에 따른 실습지도비를 그들이 속한 사모임인 백합회통장으로 일괄 받아서 직원 명절선물 비용, 관내기관 행사찬조, 전별

우리가 사는 이곳이 눈 내리는 레일 위라면

금으로 쓴 정황을 적발하여 전액 시금고로 환수조치 했으며, 혼자 근무하는 보건진료소장들은 직접 학생 실습지도를 한 후 실습지도비를 개인통장으로 받았으므로 환수조치 하지 않는다는 내용이었다.

유리창에 비바람이 몰아친다. 연오는 진료실 세면대로 와서 손을 씻는다. 개수대 위에는 손 씻기 스티커가 붙어 있다.

1. 손바닥과 손바닥을 마주 대고 문질러 주세요.
2. 손등과 손바닥을 마주 대고 문질러 주세요.
3. 손바닥을 마주 대고 손깍지를 끼고 문질러 주세요.
4. 손가락을 마주 잡고 문질러 주세요.
5. 엄지손가락을 다른 편 손바닥으로 돌리며 문질러 주세요.
6. 손바닥을 반대편 손바닥에 놓고 문지르며 손톱 밑을 깨끗이 하세요.

연오는 손 씻기를 소리 내어 읽으며 차례차례 동작해 본다. 마주 대고, 마주 잡고, 문지른다고 해도 물이 없다면 손을 깨끗이 씻을 수 없다. 연오는 물로 손을 헹군 다음 수도 레버를 잠그고 페이퍼타월로 물기를 닦는다. 그리고 문서가 보관된 캐비닛에서 분홍색 보자기로 싼 자료를 꺼낸다. 시 조사계에 제출했다가 되받아 온 실습 관련 증빙자료들이다. 자료를 안고 사무실을 나온 연오는 우산을 펼쳐 들고 종종걸음으로 자동차에 오른다. 연오는 시동을 켜고 와이퍼를 작동시킨 후, 그다음에는 무엇을 해야 할지 잊은 사람처럼 멍하니 앉아 콘크리트 바닥에 떨어지는 주홍빛 꽃잎을 바라본다. 바람이 불어오면, 피할 수 없을 것이다.

우리가 사는 이곳이 눈 내리는 레일 위라면

2

그럴 수가
없다는 말은

시내는 해안처럼 바람이 불지는 않지만, 빗줄기는 더 세차다. 연오는 경찰서의 민원인용 주차장에 주차한다. 다리에 힘이 풀리지만 입술을 깨물며 한 손에는 우산, 다른 한 손에는 서류 보따리를 안고, 어쩐지 그렇게 해야만 할 것 같아서 의연한 척 허리를 펴고 현관으로 향한다.

-학생 실습 건으로 오셨지요?

복도 중간쯤, 조사실이라고 적혀 있는 표찰 아래 팔짱을 낀 채 비스듬히 서 있던 남자가 벽에서 어깨를 떼며 말을 건넨다.

-네.

-신분증부터 주시고 이쪽으로 오시죠.

-손이 모자라네요. 신분증은 들어가서 드릴게요.

-그러세요.

가무잡잡한 피부, 검은색 폴로셔츠 안의 탄탄한 어깨, 감색 면바지와 검정색 운동화 차림의 남자는 상대에게 위압감을 줄 조건을 고루 갖췄다. 약간 들뜬 느낌의 억양만 아니라면 한마디로 표현하기 어려운 그 눈빛에 누구라도 압도될 것 같다.

조사실 벽에는 CCTV가 작동 중이라는 안내문이 붙어 있다. 연오는 어릴 때, 최불암과 남성훈이 나오는 수사반장이라는 드라마를 보는 것 같은 기분으로 남자가 가리키는 의자에 앉는다. 우박이 떨어지는 듯한 창밖의 빗소리가 마치 드라마 속 음향효과처럼 들린다.

-묵비권을 행사하고 싶거나, 변호사가 필요하십니까?

남자는 자신을 누구라고 소개하지는 않는다.

-아니요.

연오는 책상을 사이에 두고 마주 앉는 남자에게서 드라마 속에 등장하는 경찰관의 정의로움 같은 것을 찾으려고

우리가 사는 이곳이 눈 내리는 레일 위라면

한다.

　-그럼 바로 시작하겠습니다. 신연오 씨 맞지요?

　남자가 모니터를 보며 컴퓨터 자판을 치기 시작한다.

　-네.

　-주소 말씀해 보시죠.

　-해긋시 동산면 바다2길 17.

　-신분증 확인하겠습니다. 제출해 주세요.

　연오는 신분증을 꺼내 책상 위에 올려놓는다. 남자가 곁
눈으로 흘깃 보더니 연오를 바로 보며 단호하게 묻는다.

　-앞서 시청 조사계에서 조사를 받은 것과 같은 건으로
묻겠습니다. 공무원은 시장이 주는 월급 이외의 돈을 받으
면 됩니까, 안 됩니까?

　그렇게 질문을 던진 남자는 연오를 그대로 둔 채 연오의
신분증을 집어 들고 조사실을 나간다. 연오는 조사실 벽을
멍하니 바라본다. 내동댕이쳐진 느낌이 들며 비로소 온몸
이 떨려 온다. 연오를 이곳까지 오게 한 사람들, 그들은 정
말 이렇게 해도 된다고 생각하는 것일까. 왜 이렇게까지
해야만 하는 것일까. 그들의 목표는 어디까지이며 이제 연
오 자신은 어떻게 처리되는 걸까.

　-자, 다시 하겠습니다. 본인은 공무원입니까, 아닙니까?

다시 돌아온 남자가 의자에 앉으며 연오에게 신분증을 되돌려 주며 묻는다. 앞서 던지고 간 질문과는 다른 질문 같다.

-2년 전에 정규직이 되었고, 이전에는 별정직이었어요.

-별정직도 공무원이긴 하죠. 그래서 지금은 공무원입니까, 아닙니까?

-보건진료직 공무원입니다.

-지방직 공무원이 확실하지요?

-지방공무원법이 규정하는 지방공무원이고, 동시에 농어촌 등 보건의료를 위한 특별조치법에 따라 운용되는 독립된 의료기관의 기관장입니다.

남자는 모니터에 시선을 둔 채 빙긋 웃는다.

-자치단체 공무원이 정규 근무시간에 어떤 일을 한 대가로 시장이 주는 월급 이외의 돈을 받았다면, 그건 횡령입니다!

-학생 실습지도비는 개인역량 차원의 수당이어서 이미 시 조사계 감사결과에서 무혐의 처리되었어요.

-앞에서 조사받은 분들 이미 다 불법 행위임을 인정하고 협조했어요. 혼자서 이러면 다른 분들께도 피해가 갈 수 있습니다.

우리가 사는 이곳이 눈 내리는 레일 위라면

-간호대학생 실습은 상부의 독려하에 20여 년 전부터 해 온 추가업무입니다.

-본인 죄만 인정하시면 됩니다. 고발자의 포커스는 횡령에 대한 처벌입니다.

-저는 고발되지 않았어요.

남자는 아무것도 듣지 않은 것처럼 반응을 보이지 않는다. 연오는 말을 잇는다.

-고발되지 않은 제가 경찰서로 가야한다는 동료의 전화가 이해되지 않았지만, 오늘 제가 온 건 조금 전에 하신 말씀대로 혼자 안 나오면 다른 사람에게 피해가 갈 수도 있을 것 같아서입니다. 이제 다시 한번 말씀드릴게요. 시조사계에서도 보건진료소장들에게 환수를 요구하지 못한 건, 수령한 돈에 대한 정당성이 인정되었다는 뜻입니다.

남자가 자판을 치던 것을 멈추고 연오를 바라본다.

-협약서를 잘 보시면 실습지도비를 보건진료소 측에 줄 수 있다고 했지, 보건진료소장에게 줄 수 있다고 한 건 아니거든요. 어떠세요?

-보건진료소는 보건진료소장 혼자 근무하니까 보건진료소 측이라면 보건진료소장인 거죠. 대학 쪽에서도 실습지도비를 지급하기 위해 보건진료소장의 개인통장 사본을

요구했구요.

  -대학 측 조사를 먼저 끝냈는데, 보건진료소장들에게 준
그 돈은 학생 실습에 필요한 소모품 구입비였다고 진술했
어요.

  -대학 측이 작성한 협약서와는 다른 내용입니다.

  남자는 연오의 말에는 대꾸도 없이 키보드만 치다가 스
마트폰을 만지작거린다.

  -아, 자꾸 다른 말씀 하지 마세요. 우리가 대학 측 회계
장부를 봤는데, 학교 운영비에서 나간 돈을 받았어요. 실
습지도비! 그게 수당이라면 인건비에서 지출되었어야지
요?

  -저희는 협약서에 따라 실습지도를 하고, 실습지도비를
받았어요.

  연오는 증빙자료 보따리를 책상 위에 올려놓고 보자기
매듭을 푼다.

  -실습지도와 관련하여 대학 측과 주고받은 자료입니다.

  남자는 허, 하고 웃은 후, 실습지도 증빙자료를 한 장 한
장 넘기면서 혼잣말처럼 말한다.

  -나쁜 사람들이네. 이렇게 실습지도를 부탁해 놓고 소모
품 구입비라고 하는 건 또 뭐야.

연오는 눈앞에 있는 자료가 무시되지 않기를 바라며 남자를 바라본다. 남자는 몹시 절제된 표정으로 스마트폰을 집어 든다. 어디론가 문자 메시지를 보내는 것 같다. 잠시 후 남자는 헛기침을 한 번 하며 자세를 고쳐 앉는다.

-앞에서 조사를 받았던 사람 중에 이런 자료를 가지고 있는 사람은 없었어요. 유감이지만 그렇다고 해도 지방공무원이 시장이 주는 월급 이외의 돈을 받아서 개인적으로 썼다는 사실은 달라지지 않는다는 거, 아셔야 해요.

-같은 기간에 시장이 주지 않는 수당과 업무추진비를 보건진료소운영협의회 예산에서 받았어요. 그럴 수 있는 특수한 근무여건에서 이루어진 일인 거죠.

-특수한 근무여건이라니요?

-시에서는 보건진료소장에 대한 인건비, 즉 급여만 지급하고 있죠? 2년 전까지 보건진료소 운영은 자체 진료수입으로 했어요. 한 달간 진료한 진료내역을 직접 보험공단에 청구하면, 심사를 거쳐 보건진료소 기관통장으로 청구금액이 입금되었고, 그 돈으로 약품도 사고, 건물관리도 하고, 공공요금도 내며 운영한 거지요. 그중 승인된 예산서에 의거해 소액의 업무추진비도 받을 수 있었고, 활동수당도 받았어요. 그런데 왜 이제 와서 실습지도비만 문제 삼

을까요? 혹시라도 저희가 강사 노릇이 하고 싶어서 근무시간을 이용하여 불법으로 겸직을 하고, 받으면 안 될 돈을 받았다는 건가요?

-팩트는 공무원이 돈을 받고 신고를 하지 않은 겁니다.

-법률에서 정한 신고의 대상이 되는 성격의 돈이 아니며, 금액 또한 그 기준 이하입니다.

-그러니까 그 돈이 신고대상이라고 생각하지 못하고 받았다는 걸 인정하는 거지요? 선처해 준다면 다시는 같은 행위를 반복하지는 않겠다고 적겠습니다.

-동의하지 않습니다!

자판 두드리는 소리가 빨라진다. 남자의 스마트폰에 빛이 들어온다.

-아, 예. 거, 참 큰일이네요. 잘 알았습니다.

남자가 스마트폰을 내려놓으며 연오를 슬쩍 훔쳐본다.

-나, 이거 참! 귀찮게 됐네. 시청 조사계로 방송국에서 취재를 왔다는군요.

친절하게 설명하는 남자를 연오는 가만히 바라본다.

-압니다. 다들 모르고 한 일이라는 걸요. 억울하게 느낄 수도 있어요. 그러나 어쩌겠습니까. 언론에서 이렇게 달려들고 있으니 우리는 조사를 할 수밖에 없습니다.

연오는 키보드 치는 소리에 섞여드는 빗소리에 한기를 느낀다. 냉기가 도는 동굴 속에서 웃음소리가 울려 퍼지는 것 같다. 키보드 치는 소리가 멈추더니 곧 프린터가 작동된다.

-마지막으로, 한 번 읽어 보시죠.

남자가 건네는 종이를 받아들었지만, 내용이 눈에 들어오지는 않는다.

-도장 가지고 왔지요?

연오는 홀린 듯 가방을 열고 도장을 꺼낸다. 남자가 도장을 눌러 찍는 모습을 보며 연오는 꿈에서 깨어난 듯 아련한 목소리로 묻는다.

-그런데, 이게 뭔가요?

남자가 웃는다.

-아, 이거요? 조서지요.

-조서요?

-이제 이쪽으로 오세요.

남자가 가리키는 곳에 팩스 비슷한 모양의 기계가 놓여 있다. 연오는 기계가 있는 문 쪽 가까이 다가간다. 기계 가운데에는 스마트폰 절반 크기의 액정이 있다. 남자는 연오의 엄지손가락을 움켜잡고 액정 위에 갖다 댄다. 서너 번

이리저리 방향을 바꿔가며 지문을 뜨는 그의 표정과 손에 닿는 유리판의 느낌이 공포로 다가온다. 지문을 찍는 것으로 마침내 연오는 그들의 입체 작전에 포획된 것 같다.

-어? 친정이 이로시네요. 저, 거기 있는 산업대학 나왔어요.

남자가 연오를 잠에서 깨우듯 큰소리로 말한다. 이로시는 해긋시에서 승용차로 한 시간 정도 걸리는 연오의 부모님이 사는 소도시다. 연오는 그곳에서 고등학교까지 다녔다. 연오의 시선을 다른 곳으로 돌리기 위한 말인 줄 알면서도 연오는 지푸라기라도 잡고 뻘밭에서 빠져나와야 한다는 생각이 든다.

-아주 오래전, 운전 초보시절 신호위반으로 걸린 적이 있어요. 경찰관이 면허증을 보자고 하더니 자기 집도 이로시라며 그냥 보내 주더군요.

-아, 이번에도 그러면 좋겠지만 그럴 수가 없습니다.

'그럴 수가 없다'는 말이 연오에게 중대한 선고처럼 들린다.

-그럴 수 없다는 말은…… 제가 범죄를 저지른 범죄자라는 말인가요?

연오는 바보처럼 또 묻는다.

　우리가 사는 이곳이 눈 내리는 레일 위라면

-아직은 아니지만, 이 조서가 검찰로 넘어가면 그렇게 될 가능성이 있지요.

남자는 이미 복도에 서서 따라 나올 것을 눈으로 명령하고 있다. 연오는 지문을 찍힌 곳에서 움직이지 못한다.

-수고했습니다. 그럼 안녕히 가십시오.

연오를 둔 채 성큼성큼 복도 끝으로 사라지는 남자의 뒷모습이 숙제를 마친 사람처럼 홀가분해 보인다. 연오는 서류를 안고 현관을 나가 주차장으로 향한다. 우산을 두고 왔다는 것을 알지만 되돌아가지 못한다.

연오는 빗방울이 튀어 오르는 콘크리트 위를 걷는다. 웃음이 난다. 눈물이 흐른다. 연오는 완벽하게 당했다. 그동안 단 한 번도 은서를 입에 올리지 않았던 구애신이 '딸내미, 등교시키는 길이지?'라고 한 것은 그쪽의 용의주도함이 분명한 것 같다. 연오는 바쁜 아침 출근길 속으로 들어온 구애신의 전화가 각성제가 든 음료라는 것을 알아챘어야 했다. 시청 조사계 확인서 서명은 그토록 완강하게 반박하며 거부할 수 있었던 자신이, 조금 전에는 왜 그렇게 쉽게 도장을 건넨 것인지 알 수 없다. 연오는 전신이 흠뻑 젖은 채 차 안에 몸을 밀어 넣는다. 마치 강제추행을 당한 것처럼 온몸이 찢겨 나가는 듯 아프다. 연오는 전신의 통

2 그럴 수가 없다는 말은

증을 느끼며 운전대에 얼굴을 얹고 몸을 웅크린다. 심한 한기가 온다. 굵고, 차가운 비, 이 비가 낯설지 않다.

우리가 사는 이곳이 눈 내리는 레일 위라면

3

낯설지
않은 비

　　지난해 봄, 생리주기가 몹시 불규칙한 은서
가 해긋고교 입학을 하루 앞둔 날 생리를 시작하자 연오
는 밤새 뒤척였다. 분리불안장애가 심한 딸을 새로운 환경
에 적응시켜야 할 때마다 연오는 극도로 불안해지곤 한다.
은서가 무사히 낯선 학교 교문을 들어갈 수 있을지조차 알
수 없었다. 교복을 맞추기 위해 교복 가게 앞에 차를 세웠
을 때 은서는 뒷자리에 앉아 꼼짝도 하지 않았다. 그때, 연
오는 혼자 가게 안으로 들어가 주인에게 상황을 설명하며
양해를 구했다. 주인은 연오의 말이 무슨 뜻인지 모르겠다

는 듯 뚱한 얼굴로 가게 종업원에게 지시했다. '나가 봐!'
가게 직원이 줄자를 들고 나와서 승용차 뒷자리에 몸을 접
어 넣고 은서 옆에 앉았다. 조심스레, 아주 천천히, 그러나
정확할 수 없는 치수를 쟀다.

굵고 차가운 3월의 빗줄기까지 더해진 입학식 날, 연오
는 헐렁한 교복을 입고 차 안 뒷자리에 앉아 있는 은서를
룸미러로 보며 말했다.

-은서야.

-네.

-규희에게 가는 거야. 지은, 현지, 승혜가 있는 학교에
가자.

연오는 은서와 중학교를 같이 다닌 친구들 이름을 불러
주었다. 학년당 한 학급인 동산중학교에서 함께 했던 아이
들 중 몇 명이 해긋고등학교를 다니게 되어 다행이라는 생
각이 들었다. 세상에 대한 두려움과 불안을 가진 자폐성
발달장애아 은서는 친구들 이름을 불러 주면 늘 환하게 웃
곤 했다.

-여긴 어디야?

연오는 해긋고교 교문 앞에 차를 멈추고 입간판을 가리
켰다.

우리가 사는 이곳이 눈 내리는 레일 위라면

-해, 긋, 고, 등, 학, 교!

은서는 차창 유리 너머를 보며 한 글자씩, 천천히 읽어 내려갔다.

은서가 차에서 내리자 연오는 비로소 큰 산 하나를 넘은 것 같았다. 연오는 흠뻑 젖은 우산을 접어 현관문 옆에 세웠다. 그때 은서는 가방에서 실내화를 꺼내 갈아 신은 후 운동화를 들고 두리번거렸다.

-신발! 신발! 신발! 이은서! 이은서어어!

은서는 신발장에 신발을 놓지 못하고 소리를 질렀다. 연오는 은서를 그 자리에 세워 두고 교무실로 달려갔다.

-안녕하세요? 저기 견출지 한 개만 주실 수 있나요?

문 앞에 앉아 있던 여자에게 연오는 급하게 말했다. 여자는 어리둥절한 표정으로 책상서랍에서 견출지를 꺼냈다. 연오는 복도 창가에 몸을 붙이고 견출지에 '이은서'라고 이름을 적어 은서에게 달려왔다.

-은서야. 여깄어. 여깄네!

연오가 신발장에 견출지를 붙이자 은서는 운동화를 제 이름이 붙은 신발장에 넣었다. 연오는 은서의 손을 잡고 특수반을 향해 복도를 걸어갔다. 복도 끝 '특수반'이라고 적힌 특수반 교실 문에는 자물쇠가 잠겨 있었다. 아직 특수교사는 출근하지 않은 것 같았다. 은서는 중학교 때까지 '특수반'이나 그해 학년에 맞는 숫자가 적힌 표찰을 나침반처럼 확인한 후 교실로 들어가곤 했다.

－은서야. 교실에 가자. 1학년 교실. 은서는 이제 중학교 3학년이 아니고 고등학교 1학년이야. 알겠지?

연오는 은서의 손을 잡고 표찰을 가리켰다.

－네.

－은서는 어느 학교 몇 학년?

－해긋고등학교 1학년!

－옳지 잘했어요. 은서는 1학년. 그러니까 1학년 교실에 가는 거야.

은서가 불안해하며 망설이고 있을 때, 마침 규희가 복도로 나왔다.

－안녕! 안녕하세요?

중학교 때 은서의 도우미를 했던 규희가 은서와 연오에게 인사를 했다.

－안녕!

은서가 대답했다.

－그래. 규희 잘 지냈니?

－네.

규희가 은서의 손을 잡고 교실로 들어갔다. 열다섯 명 남짓 되는 아이들은 잠바 주머니에 손을 넣고 웅크리고 있거나 앉은 채 몸을 뒤로 돌려 이야기를 나누었다. 은서는 그 아이들과 좀 거리를 두고 맨 뒷자리에 앉았다. 규희는 스마트폰을 들여다보고 있는 아이들에게로 갔다. 남자아이 중에는 장난을 치며 교실을 뛰어다니는 아이들도 있었다. 은서는 혼자 앉아 눈을 깜박이며 틱 증상을 보였다. 연오는 은서 옆에 우두커니 서 있다가 규희에게 다가갔다.

-규희야. 은서 좀 잠시 부탁해.

규희는 연오를 돌아보긴 했으나 대답하지 않았다. 새로운 환경에 적응해야 하는 것은 규희도 마찬가지일 것 같았다. 연오는 1학년 교실을 나왔다. 어둡던 복도 끝 특수반에는 형광등이 환하게 켜져 있었다. 열린 문으로 특수보조원이 이제 막 청소를 마쳤는지 버튼을 눌러 청소기 코드를 정리하는 모습이 보였다.

-뭐죠?

특수교사는 책상 앞에 놓인 의자에서 다리를 꼬고 비스듬히 앉은 자세로 차를 마시다가 물었다. 입학식을 앞둔 예비 소집일에 연오는 은서를 집에 두고 대신 참석했다. 그때 특수교사는 새로 리모델링한 특수반을 공개하며 은서를 잘 보살피겠으니 아무 걱정하지 말라고 했다. 단 며칠 사이에 연오를 완전히 모르는 사람처럼 대하는 특수교사의 태도가 놀라웠다. 그러나 곧 마음을 수습하고 연오는 특수반 문턱을 넘으며 말했다.

-아무래도 입학식을 할 때까지 은서를 교실에 두는 것이 불안해서요.

습관인지 찻잔을 든 특수교사의 약지는 예비 소집일에도 그랬듯 위로 뻗친 상태였다. 레깅스처럼 착 달라붙는 하얀색 면바지와 구슬이 박힌 펌퍼스도 독특했다.

-그래서요?

연오와 연배가 비슷해 보이는 특수교사가 턱을 치켜들며 물었다. 그리고 청소기를 들고 서 있는 특수보조원을 돌아보며 서로 피식 웃었다. 연오는 언제부터인가 자신을 향한 이런 웃음을 마주해야 했다. 아무에게나 할 수 없는, 누구에게도 하면 안 되는 의도가 있는 연출을 연오를 향해, 단지 장애아의 보호자라는 이유로 서슴없이 하는 사람들이 있었다.

-은서가 환경 변화에 굉장히 민감한 편이라서요. 입학식은 10시인데 지금 은서가 생리하니까 걱정이 돼서…… 은서는 동선이 익숙해지면 혼자서도 잘하는데 그렇지 않으

우리가 사는 이곳이 눈 내리는 레일 위라면

면 혼란스러워서 실수하기도 하거든요.

상처를 받지 말자고, 은서를 매개로 한 의도가 있는 비하에 굴복하면 안 된다고, 의연하게 그 상황을 이겨 내야 한다고 하면서도 연오는 매번 굴욕감을 삼키느라 흔들리곤 했다.

-은서 어머니.

특수교사가 찻잔을 책상 위에 소리 나게 내려놓으며 자리에서 일어났다.

-여기는 고등학교예요. 고등학교! 초등학교나 중학교 때 얘길 하시면 안 된다구요. 그리고 생리 뭐 그런 건 어머니가 직접 하세요!

-저는 출근을 해야죠. 특수보조원이 있잖아요. 특수보조원이 그런 거 해 주는 거 아닌가요?

-어머니, 그렇게 불안하면 학교는 어떻게 보내세요?

특수교사의 두 팔이 허리 위로 올라갔다가 다시 가슴 쪽에서 포개어지더니 팔짱을 낀 모습이 되었다.

-불안하니까 너무 불안해하지 말라고 다른 학생들에게는 필요 없는 특수교사도 있고 특수보조원도 있는 거죠.

-뭐라구요?

-저는 좀 이해가 안 되는군요.

-아, 그래요? 그러면 뭐 방법은 한 가지네! 여기가 그렇게 마음에 안 들면 다른 데 알아보세요! 전학시키시라구요!

특수교육에 대한 특수교사의 노골적 외면에 연오는 허탈하게 웃었다.

-선생님은 공직자예요. 학부모와의 면담 태도에 품위를 지키세요!

특수교사의 얼굴이 일그러졌다. 그런 특수교사를 연오는 물끄러미 바라보았다.

-그만 나가 주시죠? 이제 아이들 수업해야 해요!

특수교사가 연오의 시선을 털어 내고 싶다는 듯 급하게 말했다.

-입학식도 하기 전에 무슨 수업인가요?

연오는 은서의 동산중학교 졸업을 앞두고 특수반이 없었던 해긋고교에 입학시키겠다는 의사를 밝히면서 교육당국에 해긋고교 특수반 설치를 요구했다. 은서가 갈 수 있는 상급학교가 없었기 때문이다. 해긋시가 고교 교육 비평준화 지역이어서인지 일부 실업계 학교를 제외하고는 특수학급이 없었다. 해긋고교도 인문계 여고였으나 평준화가 되면서 남녀공학의 공립고등학교가 되었다. 특수학급

　　　　우리가 사는 이곳이 눈 내리는 레일 위라면

설치를 요구할 수 있는 여건이 된 것이다.

교육당국은 곤혹스러워했다. 해굿고교의 동문회와 운영위원회, 학부모회가 주축이 되어 남녀공학이 된 건 어쩔 수 없다고 해도 특수학급 설치는 반대라고 했다. 동문회의 입장은 지역의 명문학교로 이름을 날리던 모교의 질적 저하를 우려하는 것이고, 운영위원회와 학부모회는 장애학생들이 입학하면 비장애학생들의 학습권이 방해받을 수 있기 때문이라고 했다.

연오와 특수학급 설치를 요구하는 민원서를 해굿고교에 함께 제출하기로 약속했던 부모들이 약속을 지킬 수 없게 되었다는 메시지를 보내왔다. 아빠 친구가 교육청에 근무해서요', '애들 작은아버지가 교사거든요', '아빠 사업이 교육청과 관계가 있어서요', '문중 어른이 나서지 말라고 해요'……. 동시에 이런 말도 오간다고 했다. '가만히 있으면 은서네가 알아서 또 특수반을 만들 거야. 괜히 나설 필요 없이 그 집 뒤에 가만히 서 있으면 돼.'

해굿시는 지역 내 각각의 출신학교별 동문회나 동기회 모임이 사람들의 관계망 형성에 큰 비중을 차지한다. 지향점이 같은 이들 간에 보이지 않는 암투가 있지만, 그들끼리는 가급적 직접 공격은 하지 않으며, 공동의 목표가 생

41

기면 서로 공조했다. 그들의 가치판단에는 '해귓 출신 대비해귓 출신'으로 구분한다는 절대불변의 정서가 있다. 연오는 부모들을 이해했고, 혼자 해귓고교 교장실을 찾아가서 특수학급 설치를 요구하는 민원서를 제출했다.

연오 단독의 민원에 따라 해귓고교에 특수학급이 설치되었고 특수교사가 부임해 왔다. 이제 그녀가 앞장서서 연오와 은서를 밀어내기로 한 것 같았다. 일단 생긴 특수반은 폐반이 되기 어렵고 그 인력도 몇 년간은 학교의 자산이다. 그들은 연오 모녀를 제거하고 그 시설과 인원을 좀더 수월하게 운용하고 싶을 것이다.

-어머니! 여긴 아이들을 위한 학교예요. 안 나가면 교권침해입니다!

곧 앞머리가 희끗하고 키가 훤칠한 남자가 들어왔다.

-저는 이 학교 교뭅니다. 학부모님이 입학 첫날부터 이렇게 소란을 피우시면 곤란합니다!

교무주임 뒤로 교사들이 하나, 둘 더 나타나 연오를 에워쌌다. 특수교사는 특수반 교실을 왔다 갔다 하며 기세를 올렸다.

-나, 참 기가 막혀서…… 교권이 바닥에 떨어진 건 이미 옛날얘기지만 그래도 입학식 날부터 뭘 안다고 행패야, 행

패가?

　연오는 대화가 가능한 상황이 아니라는 생각이 들어 복도로 나갔다. 1층 복도에서 두리번거리다가 2층으로 올라갔다. 교장실과 민원실 표찰이 아래위로 나란히 매달려 있는 방문을 노크와 동시에 바로 열어젖히며 안으로 들어갔다. 깔끔한 외모에 쉰 초반으로 보이는 사람이 책상에 앉아 있다가 연오를 쳐다보며 물었다. 지난해 가을에 특수반 설치 요구를 위해 면담을 했던 그 교장은 아니었다.

　-무슨 일로 오셨습니까? 누구시지요?

　-교장 선생님이시죠?

　연오는 책상에 놓인 명패를 보며 다시 확인했다.

　-그런데요?

　교장은 콧대가 높고, 눈빛이 차가웠다.

　-신입생 이은서 엄마입니다. 외람되지만 해긋고교는 장애학생과 비장애학생을 함께 교육하기 위해 특수반이 설치된 겁니다.

　-그런데요?

　-특수보조원까지 배치된 통합학교에서 중증장애 학생의 신변처리를 거부하며 학부모에게 하라고 하는 것에 대해 교장 선생님의 입장을 듣고 싶습니다.

-아, 그런 일이 있었습니까? 일단 여기 앉으시지요.

교장은 비로소 책상을 짚고 일어서며 연오에게 앞에 놓인 소파를 손짓했다.

-아니요. 저도 출근길이어서 그냥 이대로 말하겠습니다.

-아, 그래요? 그럼 좋을 대로 하십시오. 그건 그렇고…… 저는 금시초문입니다.

교장은 정중한 어투로 입가에는 애써 웃음기를 띠우며 말했지만, 눈은 경계의 빛을 감추지 않았다. 그리고 어느 정도는 뻔뻔했다.

-방금 제가 말씀을 드렸고, 교장 선생님은 들으셨어요.

-다른 분들로부터는 그런 얘길 들어본 적이 없다, 이 말입니다.

-제 말이 거짓말이라는 건가요?

-제가 한 분의 이야길 듣고 아이들에게 잘하기로 소문난 특수교사를 당장 어떻게 할 수는 없지요. 지금 뭐라 얘기해 봐야 그분도 사람인데 오히려…… 아이 이름이 뭐라고 했지요? 은서요? 그래요. 은서한테 안 좋을 수도 있고…… 그러니 나중에 차차…… 제가 새로 생긴 특수반에 차 마시러 자주 갈 거니까 분위기 봐서 돌려 말해 보지요. 그런 일이 있었는지…….

우리가 사는 이곳이 눈 내리는 레일 위라면

완강함과 무언의 공조를 개인 혼자서는 이겨 낼 수 없다.

연오는 돌아섰다. 교장은 문을 나서는 연오의 뒷등을 향해 높직한 톤으로 길게 늘여 말했다.

-은서 어머니이! 다음에는 웃는 얼굴로 뵙지요.

연오는 난간을 짚으며 천천히 계단을 내려왔다.

연오는 쏟아져 내리는 비를 맞으며 주차장으로 나와 온몸이 흠뻑 젖은 채 차에 올랐다. 굵고, 차갑고, 끈적한 비. 연오는 차를 몰아 바다로 향했다. 와이퍼는 쉴 새 없이 차창을 오갔다. 언젠가는 부모 없이 혼자 살아가야 할 은서의 미래가 무서워서 걷잡을 수 없는 눈물이 흘러내렸다. 연오는 파도가 몰아치는 바닷가에 차를 세우고 높은 파도를 얼마쯤 바라보았다. 눈물 때문에 점점 바다가 보이지 않았다. 연오는 차에서 내려 바다 앞에 섰다. 차가운 비가 온몸을 때렸지만 아프지 않았다. 연오는 비틀거리며 걸었다. 차단벽은 없었다. 파도 소리만 들렸다. 쓰레기와 비와 눈과 바람과 자살하는 사람과 이 세상의 모든 것을 배제하지 않고 받아 주는 바다!

연오는 저 바다로 돌아가는 그날까지 버티기로 했다. 연오는 몇 년 전에 쓰다가 멈춘 일지를 다시 쓰기 시작했다. 그것만이 거부당한 삶에서 연오에게 허락된 유일한 길이므로 다시 부메랑이 된다고 해도 준비해야 했다.

연오는 운전대에서 얼굴을 천천히 떼고 몸을 일으킨 후, 경찰서를 나온다. 은서를 데리러 해긋고교로 가야 한다. 은서는 우여곡절 끝에 1학년을 마치고 이제 해긋고교 2학년이 되었다. 특수교사는 줄곧 연오를 투명인간 취급하고 비협조적이다. 연오는 그것에 대해 기록한다. 기록할 때만은 외롭지 않다.

학교 교문 앞에 닿자 도우미인 규희가 은서에게 우산을 받쳐 주며 저만큼 오고 있다. 해긋고교에서는 은서의 학교생활을 위해 두 명의 학생을 도우미로 지정했다. 규희는 간호학과에 갈 예정이라고 했다. 어쩌면 연오에게 실습지도를 받으러 올 수도 있는 인연이었지만 이제는 거의 그럴 가능성은 없을 것 같다.

-매번 고맙구나.

-은서 학교에서 잘 지내요.

-그래. 그래야지.

규희가 손을 흔들자 은서도 손을 흔든다.

-은서야. 내일 봐.

-내일 봐.

은서가 대답한다.

연오는 차문을 열어 은서를 뒷자리에 앉게 하고 다시 운전석에 앉는다.

-집에 가요. 은서 집에 가요.

-그래. 집에 가자. 엄마랑 집에 가는 거야.

학생 실습지도비 사건이 유죄가 되면, 조직은 징계 절차를 밟고 이를 보건진료소장들의 근무지 재배치 명분으로 연결할 가능성이 크다. 동산에서 20년간 근무했던 구애신이 다시 동산으로 돌아오겠다고 공개적으로 말하고 다니는 것은 여전하다. 은서의 전학과 연오의 퇴직 시나리오도 진행형인 것 같다. 은서를 장애인 보호시설 같은 곳에 보내지 않기 위해서는 어떤 경우에도 이 등하교 동선만은 지켜야 한다.

스마트폰에서 메시지 알림음이 울린다.

〈간호학생 실습비 횡령사건 관련, 오늘 저녁 지역뉴스를 꼭 보세요.〉

백합회원 안금련 진료계장이다.

4

사라지는 계단

은서는 손을 씻고 침대에 눕는다. 학부모에
게 수업을 어떤 식으로 하고 있는지 알려 주지 않는 학교
에서 은서의 학교생활을 다 짐작할 수는 없다. 연오는 주
변의 사람들이 미라처럼 아무런 응답을 하지 않은 채 한
발 한 발 다가올 때, 비명처럼 책을 펼치곤 한다. 안방 옆에
있는 작은 방에는 나무로 짠 붙박이 책장이 세 벽면을 차
지하고 있다. 책 속으로 가는 길도 바다와 같다. 거절과 차
단벽이 없다. 그러나 이번에는 책이 도움이 되지 않을 것
같다. 침대에 누운 은서가 책방 가운데 우두커니 서 있는

우리가 사는 이곳이 눈 내리는 레일 위라면

연오를 열린 미닫이문을 통해 바라본다.

　연오는 은서의 손을 잡고 주방으로 간다. 은서를 식탁 의자에 앉게 한 다음 냉장고에서 사과 한 개를 꺼낸다. 은서의 몫은 껍질을 벗겨서, 연오의 것은 껍질째 조각내어 접시에 담는다. 바깥에서 어떤 취급을 받더라도 식탁에서 사과 한 개를 나눠 먹을 수 있는 일상은 유지하고 싶다. 은서는 마치 믹서기에 사과 조각을 넣듯 쉼 없이 사과를 입에 밀어 넣는다. 그리고 다시 방에 가서 눕는다. 날씨 탓인 것 같다. 연오도 은서 옆에 눕는다.

　은서는 이불을 얼굴 위에 뒤집어쓰고 내리기를 반복하며 까꿍 놀이를 시작한다. 연오가 까꿍, 까꿍, 하는 소리에 반응을 별로 보이지 않자 은서는 노래를 부른다. 은서는 글자를 읽고 쓴다. 의미를 모르는 단어가 많다. 그래서인지 노래로 표현을 할 때가 있다.

　〈과수원길〉로부터 시작되어 〈등대지기〉로 끝나는 은서의 노래는 언제나 같은 순서로 이어진다. 은서는 불안할 때도 노래를 부른다. 연오의 굳은 표정이 은서에게 불안을 주고 있고, 은서는 그 불안을 노래로 지워 보려고 하는 것 같다. 은서는 두 손을 배 위에 포개고 얼굴 가득 미소를 담아 노래를 부르다가 가끔씩 나란히 누운 연오를 돌아본다.

사랑해요 이 한마디 참 좋은 말

우리 식구 자고 나면 주고받는 말

사랑해요 이 한마디 엄마 아빠 일터 갈 때 주고받는 말

이 말이 좋아서 온종일 신이 나지요

이 말이 좋아서 온종일 가슴이 콩닥콩닥하네요

은서의 노래만 듣는다면, 장애를 떠올리기 어렵다. 상호작용은 부족해도 습득한 것을 혼자 표현할 때는 별 문제가 없다. 그러니까 은서에게 중요한 것은, 가르쳐 주고 은서가 자신의 방식으로 표현할 때까지 기다려 주는 것이다. 그러나 바라보며 기다려 주는 것은 쉽지 않다. 얼핏 연오의 눈물을 발견한 은서는 사이드 탁자 위에 놓인 사각 휴지를 뽑아서 연오의 눈물을 닦아 준다. 그리고 연오의 품을 파고들며 평소에 연오가 은서에게 쓰던 말투로 말한다.

-울지 마! 울긴 왜 울어?

언제나처럼 둘은 서로의 몸에 팔을 둘러 꽉 끌어안는다. 은서는 다시 연오의 뺨에 붙은 젖은 머리카락을 귀 뒤로 넘겨 준다.

-뚜욱!

연오는 언젠가 신문을 읽다가 '잊기 힘든, 늦은 긍정의

얼굴'에 밑줄을 그었다. 영화평론가가 장이머우의 영화 〈5일의 마중〉을 보고 난 다음 쓴 평론이었다. 연오는 그 영화를 보지 못했지만, '잊기 힘든, 늙은 긍정의 얼굴'이라는 말을 마음에 담았다. 낮과 밤 동안 교집합으로 이루어지는 모임에서 교집합이 되지 못하는 자를 향한 낙인의 공모가 있는 세계에서 노력하기로 했다. 밥 사고, 커피 사고, 소주잔 부딪히는 회식은 웬만하면 참석하고, 2차는 노래방에서 그렇게 어울리기도 했다. 은서를 낳기 전까지는 연오역시 친구들 몇과 친한 직장동료 몇을 가진 보통의 인간이었다. 오래된 앨범 속에서 연오는 아직 그 사람들과 다정하게 웃고 있다. 그러나 그것은 이제 소환될 수 없는 과거인 것 같다. 그들이 연오를 호명하며 타임아웃을 외치고 있다. 경찰 조사 때문에 종일 긴장한 탓에 아직 초저녁인데 연오의 눈꺼풀이 닫힌다. 연오는 은서의 품에서 잠이 든다.

허름한 헛간으로 뛰어든다.

좁은 흙바닥에 위층으로 향하는 나무계단이 있다.

계단 앞 탁자에 밀짚모자를 깊게 눌러쓴 허름한 차림의 사람이 탁자에 얼굴을 묻고 있다가 고개를 든다. 불콰한 얼굴에 탁한 표정의 남자는 시선을 맞추지 못한 채 다시 탁자 위에 엎드린다.

연오가 가고자 하는 곳은 3층쯤이다.

연오는 남자의 존재를 그리 의식하지 않은 채 3층을 향해 뜀박질하듯 올라간다.

뛰듯이 올라가는데, 그 속도감만큼 아래서부터 계단이 사라진다.

왜 이러지 왜 이러지, 하며 올라가는 연오의 얼굴 위로 검은 덩어리가 낙하한다.

연오는 한 손은 난간 어딘가를 잡은 채, 그것을 다른 한 손으로 받는다.

검은 덩어리는 커다란 돌이기도 하고, 도끼이기도 하다.

자신의 비명소리에 놀라 눈을 뜬 연오는 목을 감고 있던 은서의 팔을 내려놓는다. 그리고 안방을 나와 벽시계를 보며 티브이 리모컨을 찾아 거실 소파에 앉는다. 저녁 시간에 거실 소파에 앉아 본 지 오래되었다. 밥하고 반찬 만들고 설거지하고 은서 목욕시키고 청소기 돌리고 빨래하고 먹고 자는 것만으로도 늘 피곤하다.

벽시계는 8시 언저리를 가리킨다. 지역뉴스는 중앙뉴스

우리가 사는 이곳이 눈 내리는 레일 위라면

에 이어서 하니까 아직 시간은 남은 셈이다. 연오는 티브이를 켜고 볼륨을 낮춰 놓은 채 멍하니 천장을 바라본다. 허름한 헛간, 좁은 흙바닥, 불콰한 얼굴의 남자, 사라지는 나무계단, 떨어지는 돌, 그리고 도끼…….

연오는 티브이 화면이 바뀌는 어른거림을 느끼며 긴장한다. 시보건소 건물이 화면에 나오고, 다시 시청 건물이 나오며 음성변조 처리된 조사계장 배제유의 인터뷰가 이어진다. 연오는 티브이 볼륨을 올린다. 배제유의 목소리가 나오는 동안, '학생임상실습비 징수 및 사용실태 조사결과 처분요구'라는 제목의 문서가 화면을 채운다. 시조사계가 사건을 자체 종료하며 시보건소로 보냈던 비공개 문서다.

보건진료소라는 말은 언급되지 않는다. 그런데 기자의 멘트가 걸린다. '혼자 근무하는 간호사들이 개인통장으로 돈을 받아 착복한 것을 시조사계가 적발하고도 환수조치하지 않았다는 것'이다.

'혼자 근무하는 간호사'는 보건진료소장들뿐이다. 해긋시 보건진료소장 아홉 명 중 여섯 명이 실습지도를 했다. 그중 세 명은 현재 퇴직을 앞두고 공로연수 중에 있다. 이들을 제외하면 현직에 남아 있는 '혼자 근무하는 간호사'라 할 수 있는 보건진료소장은 연오와 구애신, 그리고 노미경

뿐이다. 기자는 이러한 불법 행위가 두 번 다시 있어서는 안 된다고 하며, 이 사건이 종결될 때까지 이 건을 시리즈로 내보내겠다고 한다.

연오는 텔레비전을 끄고 거실 안을 서성인다. 조금 전의 악몽과 뉴스 내용이 겹쳐 머릿속을 헤집는다. 사라지는 계단, 손바닥에 탁, 하고 소리를 내며 차갑게 내리꽂히는 검은 도끼! 상대는 예상보다 판을 크게 벌이는 것 같다.

다시 아침이 되고, 연오는 은서를 등교시키고 출근을 한다. 경비시스템을 해제하고 사무실로 들어오자 새삼 울컥해진다. 보건진료소장이라는 이름으로 산간오지에서 20대부터 혼자 십여 년간 상주했고, 지금까지 네 곳의 보건진료소에서 근무했다. 보건진료소장들에 대한 근무지를 변동시키지 않고 한 곳에서 퇴직할 때까지 근무하게 하는 자치단체도 있지만 전임 보건소장 X는 근무지 배치로 보건진료소장들을 길들이려 했다. 그는 잔인했으나 무모하기도 했다. 그에게 치명상을 입은 연오는 자치단체장에게 청원을 했다. 청원에 따라 비교적 시내와 가까운 동산보건진료소로 오게 되었으나 소명에 소명을 거듭해야 하는 날들은 끝나지 않고 있다.

우리가 사는 이곳이 눈 내리는 레일 위라면

연오는 평소처럼 컴퓨터를 켜고 앉아 문서를 검색해 본다. 어제 오후 연오가 경찰서에서 조사를 받은 시간에 생산된 인사발령 문서가 있다. 국장급 몇 명이 명예퇴직 처리되었다. 전임 보건소장 X와 현 보건소장인 S의 이름이 퇴직자 명단에 올랐다. X는 사업소에서 시보건소로 돌아오지 못했고, S는 현직에서 더 버티지 못했다. 다음 보건소장 자리에 앉을 사람은 전이화 과장이라고 알려져 있다. 그녀는 지금 시민단체에 고발된 피의자다. 전이화가 처벌을 받고 낙마한다면, 다른 과장들이나 계장들의 승진이 앞당겨질 것이다. 연오는 인쇄 버튼을 누른다. 그들만의 암투에 십여 년 전 보건소장 X가 연오에게 취했던 것과 같은 방법만은 반복되지 않기를 바랄 뿐이다. 싸움을 하되 그들끼리는 직접 싸우지 않기 위해 그들만의 리그에 평소 열외였던 존재를 솎아 내어 제물로 올리는 방법 말이다.

어떻게든 대비를 해야 하는 상황이므로 연오는 조직 안에 있는 고문변호사 사무실에 전화를 한다. 고문변호사의 일정을 담당한다는 여직원에게 신분을 밝히고 용건을 말하자 여직원이 대답한다.

-우리는 시와 반대되는 측 입장에 대해서는 법률 자문을 하지 않아요.

4 사라지는 계단

연오는 인터넷 검색을 하여 도움이 될 만한 곳을 찾아 몇 군데와 통화해 본다. 이런저런 말을 끌어들여 대화의 요점을 흐리는 방법이 모두 연결된 것 같은 느낌을 준다. 다행히 개업한 지 얼마 되지 않은 것 같은 법무법인에서 친절하게 전화를 받는다. 송 변호사는 마침 동산횟집에서 점심 약속이 있다고 하며 그때 들르겠다고 한다.

점심시간이 거의 끝나갈 무렵, 사십 대 초반으로 보이는 감청색 양복을 입은 남자가 보건진료소 안으로 들어온다. 그 나이쯤에 걸맞게 단정한 옷매무새를 챙겼다.

-그 사건에 대해서 듣고는 있었습니다만, 보건진료소장들에 대해서는 처음 듣는 얘깁니다. 그저 백합회라는 사모임에서 일어난 일로 알고 있지요.

-그 점이 바로 제가 변호사님을 뵙는 이유이기도 해요. 이 사건에서 보건진료소장들은 실체도 없는 존재이면서 피의자가 되었다는 아이러니가 있어요. 제 경우를 보면 동료의 말을 듣고 얼떨결에 경찰서로 갔고, 피의자 조사인지도 모른 채 피의자 조서에 날인까지 하게 되었죠. 조사과정도 정상적이었다고 할 수가 없거든요.

-이 지역에서 살면서 그것을 정색하고 문제로 삼기에는 어려울 것 같습니다만…… 재조사를 받겠다고는 할 수 있

우리가 사는 이곳이 눈 내리는 레일 위라면

을 것 같습니다.

-부탁드릴게요.

-믿고 맡기시면 최선을 다해 변호해 보겠습니다.

연오는 송 변호사가 혹시라도 선임을 번복할까 봐 그가 돌아간 후 서둘러 법무법인 계좌로 송금을 한다. 그리고 곧바로 경찰서에 전화해 담당 경찰관에게 변호사 선임 사실을 알리며 재조사 의사를 밝힌다. 헛웃음 소리부터 들려온다.

-나 원 참! 왜 그러셨어요? 이 사건은 변호사가 필요한 건이 아닙니다.

-제가 피의자라면서요?

-아이고, 정 그러시면 내일 다시 나오시든가!

-제가 내일부터 사흘간 교육을 다녀와야 해서요.

-그럼 일주일 후에 나와요.

연오는 통화를 마치고 스마트폰을 책상 위에 내려놓았다가 다시 집어 든다. 송 변호사에게 재조사를 받으러 가야 하는 날을 알려 주어야 한다. 그때 벨이 울린다. 은서의 담임이다.

-은서 어머니. 은서에게 좀 문제가 생겼습니다.

-문제라뇨?

-평소 은서를 스토커처럼 따라다니던 학생이 은서를 화장실로 데리고 가서 성추행을 했다고 합니다. 추행인지 폭행인지는 좀 더 조사해 봐야…….

-누구요?

-그 특수반에 주의력결핍장애를 앓고 있는 근우 학생요.

-선생님! 어떻게 학교 안에서 이런 일이 생겨요?

-제가 직접 확인한 것이 아니라 지금 말씀드리기는 좀 어렵고요. 아무튼, 학교에 좀 와 보셔야 할 것 같습니다. 교장실로 오세요.

담임은 마치 연오가 무슨 잘못을 한 것처럼 말한다. 연오는 서둘러 외출신청서를 작성해 전자결재를 받은 후 학교로 향한다.

교장과 교무주임이 무언가 심각한 표정으로 대화를 나누다가 억지웃음을 웃으며 연오를 반기는 척한다. 연오는 교장이 권하는 소파를 사양한 채 교무주임에게 묻는다.

-상황 좀 말씀해 주세요. 은서는 지금 어디에 있나요? 들어오면서 특수반에 들렀는데 아무도 없더군요.

-네. 은서는 담임 선생님이 돌보고 있습니다. 상태는 괜찮은 것 같습니다.

-무슨 상황이죠? 누가 보았죠?

-최초 목격자는 근우 담임 선생님이구요. CCTV 녹화를 확인해 보니까 아이들이 체육대회를 앞두고 운동장에서 춤을 연습하던 시간에 근우 학생이 은서 손을 잡고 안으로 들어온 것으로 확인되었어요.

-특수교사는 그때 어디에 있었나요? 특수교육보조원은 뭘 했고요?

-특수교사는 개인 사정으로 연가 중이고, 특수교육보조원은 외출증을 끊어서 외부 업무를 봤습니다.

-이해가 안 되네요. 장애학생들이 그렇게 방치했다는 건가요?

-저희들은 평소 장애학생들 안전관리에 최선을 다하고 있습니다만, 공교롭게도 이런 일이 생기고 말았네요. 조금 전에 말씀드렸듯이 CCTV 녹화자료를 근거로 추정해 보면, 교내 스포츠클럽 행사시간이어서 전교생이 운동장으로 나간 상태였고요. 그때 근우 학생이 은서를 데리고 1층 남학생 화장실의 제일 안쪽에 있는 칸으로 데리고 들어간 것으로 보여요. 전교생을 통제하다 보니 선생님들도 경황이 없어 미처 못 본 모양입니다.

-은서는 아무 사람이나 따라가지 않아요.

-말씀드렸듯이 근우 학생이 은서 손을 잡고 교내로 들어온 것이 CCTV 녹화자료로 확인되었습니다.

-발견 당시 상황은요?

-근우 담임 선생님이 화장실에 갔다가 바닥에 피가 몇 방울 떨어져 있는 것을 보고 안에 사람이 있는지 확인했더니 안쪽 화장실에서 근우 학생이 바지를 벗은 채 나왔다고 해요. 근우 학생의 음경에서 피가 났는데 화장실 안에는 은서도 있었다고 합니다. 근우에게 무슨 일이냐고 물었더니 변기 뚜껑에 상처를 입었다고 했고요.

-무슨 말씀인지 이해가 되지 않아요.

-7분가량 두 학생이 같이 있었는데, 피해자인 은서 학생은 진술을 정확히 설명할 수 없는 상황이라 화장실 안에서 있었던 내용은 정확히 파악하기 어렵습니다. 근우 학생의 음경에 왜 피가 나게 되었는지는 본인의 진술 외에는 알 수가 없구요.

-은서의 상태는 어땠나요?

-마침 제가 가까이 있어서 바로 보고를 받고 확인을 했는데요, 화장실 바닥에 핏방울이 여러 방울 떨어져 있긴 했지만, 은서 학생의 옷매무새나 표정은 별 이상이 없어서 외출에서 돌아온 특수보조원을 불러 인계했어요.

우리가 사는 이곳이 눈 내리는 레일 위라면

교사들의 진술과 제대로 된 진술이 불가능한 장애학생들만 등장하는 이야기다.

　-이 상황을 목격한 학생들은 없나요? 근우네는요?

　-네. 전교생이 운동장으로 나간 상태니까 목격자는 없습니다. 근우 어머니는 은서 어머니보다 먼저 학교에 오셔서 상황 설명을 들은 다음 근우 학생의 치료를 위해 병원에 가셨어요.

　-그렇다면 그 후에 저에게 전화하셨군요.

　-제가 은서 담임 선생님에게 내용을 전하면서 어머니에게 전화를 드리라고 했는데, 그 선생님이 연락을 좀 늦게 드린 것 같습니다. 제가 대신 죄송하다는 말씀을 드리죠.

　-CCTV 녹화자료를 보여 주세요.

　-그건 수사기관 관계자가 아닌 이상 곤란합니다.

　-그럼 수사기관에 고발하고 수사를 의뢰할까요?

　-뭐 장애학생 사이에 일어난 이만한 일로 수사기관까지 개입할 필요야 없지요. 부모님들끼리 원만히 해결하시는 게 최선이 아닐까 합니다만.

　-그러니까 CCTV 녹화자료 좀 확인해 보자는 겁니다.

　-곤란하다는 말씀, 이미 드렸어요.

　-그럼 제가 이 일을 확인할 길은 없는 거네요? 현장은 다

치워져 있고, 녹화자료는 보여 줄 수 없고, 우리 은서는 언어전달 능력이 없고…….

-지금 하실 일은 은서 학생을 해바라기센터에 데리고 가서 검사를 받는 겁니다.

-네?

연오가 자리에서 일어난다.

-은서 어머니. 말씀 좀 들어 보십시오.

1인용 소파에 앉아 그동안 한마디도 하지 않고 있던 교장이 급하게 연오를 향해 손을 뻗어 제지하는 시늉을 하며 말한다.

-근우 학생의 처분계획에 대해 말씀드리지요. 저희로서는 이번 건을 그냥 넘길 수는 없고 학칙에 따라 다음 주 중에 학폭위원회를 열겁니다. 아마 권고전학 정도의 징계처분이 있을 예정인데…….

-은서는 자폐아이므로 처음 가는 장소에 데려가기 어렵구요. 또, 근우가 무엇을 잘못했는지 확인이 되었나요? 징계는 그 다음이죠.

-근거야 현장을 목격한 선생님들의 증언과 해바라기센터 진료기록만으로 충분합니다. 솔직한 말씀으로 근우 학생의 경우 주의력결핍 행동장애가 너무 심해서 이미 많은

학생들이 피해를 보고 있습니다. 은서도 근우로부터 계속 위협을 당하고 살 수 없을 텐데 따님을 위해서라도…….

-저는 확인되지 않은 일에까지 개입할 여력은 없습니다.

-아니, 은서 어머니. 무슨 그런 말씀을요. 저는 그동안 마음에 걸리는 것도 있고 해서 지금 은서 어머니께 협조를 구하는 겁니다. 나머지는 저희가 원만히 처리하겠습니다.

연오는 교장에게 목례를 하고 교장실을 나와 은서가 있는 2학년 교실로 간다. 담임은 우두커니 책상 앞에 앉아 있고, 은서는 색연필로 스케치북에 그림을 그리고 있다. 연오는 말없이 은서에게로 다가가 은서의 손을 잡고 밖으로 나온다.

5

다른 우리

보건진료원 보수교육은 전국의 보건진료소 장들이 해마다 받아야 하는 필수 직무교육이다. 무의촌에서 혼자 근무하는 보건진료소장들로서는 공식적으로 동료들과 함께할 수 있는 흔치 않은 기회이다. 시군별로 교육일정이 잡혀서 공문으로 오고 출산이나 장기병가 중이 아니라면 대부분 정해진 일정에 교육을 받는다. 그러나 구애신과 노미경은 이미 한 달 전에 해긋시 일정과 별도로 교육을 다녀왔다. 간호대학생 실습지도 관련해서도, 서로 의견을 나눌 법도 한데 아무런 연락이 없다.

지난 연말 무렵, 공로연수를 앞둔 선배가 작별인사를 한다며 모임을 하자고 했다. 선배는 그 자리에서 2년간 맡아 했던 보건진료소장회 대표직을 내려놓으며 후임으로 연오를 지명했다.

　-우리가 퇴직하게 되면 신연오랑 구애신이 가장 연장자인데, 모두 알다시피 신연오는 한 번도 대표를 안 했으니까 한 번은 해야지. 이제 정규직이 되어서 좋긴 하지만, 인생사 새옹지마라고 앞으로 마냥 좋은 일만 있으라는 보장은 없어. 그동안 봐서 알겠지만, 위기대응 능력으로는 신연오가 최고니까 이럴 때는 신연오 같은 사람이 대표를 하는 게 좋을 것 같아. 신연오가 맡아서 수고 좀 해 줘!

　-그건, 아니죠!

　구애신이 버럭 소리를 지르더니 불현듯이 가방에서 수첩을 꺼냈다. 그러고는 몇 장을 뜯어 내 찢기 시작했다. 갑작스러운 구애신의 반응에 잠시 정적이 흘렀다. 종이 찢는 소리, 구애신의 부들부들 떨리는 손, 그리고 굳은 표정들.

　-안된다고 막는 거, 그것도 폭력 아닌가요?

　후배인 백승이가 벽에 비스듬히 기대며 낮은 어조로, 그러나 구애신을 빤히 쳐다보며 명료하게 말했다.

　-야! 넌 또 뭐야? 이제 그쪽에 주워 먹을 떡고물이 더 많

아 보인다, 이거지?

구애신이 찢은 종이를 움켜쥔 채 소리쳤다. 구애신과 백승이는 오랫동안 친했는데 두 사람 사이가 예전 같지 않아 보였다.

-저에게 그런 말을 할 자격은 없지 않아요? 저는 기껏 당신들 부스러기나 주워 먹지만, 선배는 늘 다른 데 가서 크게 붙어먹잖아요!

간호학교 2년 후배인 백승이는 눈 하나 깜박하지 않고 되받아쳤다. 평소 자신은 누구보다 열심히 일하지만, 상대적으로 대우를 못 받는다는 불만이 있는 편이었다.

-너, 이제 아주 막 나가기로 한 모양인데, 내가 지금까지 묻어 둔 사실을 말해 주지. 설마 했었는데 오늘 하는 꼴을 보니까 사실인 것 같네. 조금 전에 뭐라 그랬어? 폭력?

-그래요! 폭력!

-좋아! 백승이, 너! 학교 다닐 때 단짝이었던 친구 머리채 잡은 것, 사실이지?

-유치하게 그까짓 케케묵은 얘긴 왜 하죠?

-케케묵은 얘길 하게 하니까 하는 거지. 네가 친구 머리채를 잡고 교단까지 끌고 가서 칠판에 머리를 짓찧게 했다면서?

-내가 지금 그 친구랑 잘 지내면 되지 선배가 무슨 상관이에요?

-내 말 아직 안 끝났어!

-뭐 챕터 2까지 있나 보죠? 정말 이러실 거예요?

백승이가 팔짱을 낀 채 입술을 파르르 떨며 말했다.

-그래! 뭐 어쩔 건데?

-고소할 거예요.

-너야말로 맞고소 당하지 않으려면 스스로 부족한 거 인정하고 함부로 나대지 마. 알았어?

백승이가 탁자 위에 있던 냅킨을 몽땅 손에 넣어 빠르게 찢고 구애신을 향해 던졌다. 구애신은 전혀 개의치 않는다는 듯 수첩을 찢은 종이를 탁자 위에 휙 뿌렸다.

-자, 이제 투표합시다! 저도 후배인 노미경을 해긋시 보건진료소장회 대표 후보로 추천하지요! 추천된 두 사람 중 한 사람의 이름을 쓰면 됩니다!

연오는 기권했다. 구애신은 투표용지를 받아 그 자리에서 섞기 시작했다. 그리고 한 장씩 탁자 위에 펼쳐 놓았다. 공교롭게도 연오를 제외한 여덟 명의 표가 각각 네 명으로 나뉘었다. 구애신이 조금 전의 그 험악했던 분위기는 잊은 듯 점잖게 말했다.

67

-대표라는 건, 말 그대로 우리를 대표하여 지역사회와 두루 소통할 수 있어야 해요. 노미경은 해긋고교 동문회 일도 하고 있으니까 당연히…….

-아니, 여기서 동문회가 왜 나와요? 이럴 땐 연장자 우선이라는 거 몰라요?

백승이가 다시 반기를 들었다.

-그래. 신연오가 대표야.

연오를 후보로 올렸던 선배가 선언했다. 그녀는 실습지도 건에 대한 정보를 미리 들었고 실습지도를 했던 그녀로서는 정년퇴직을 앞둔 시점이라서 신경이 쓰였던 것 같다. 불꽃 튀는 눈길을 주고받던 구애신이 먼저 일어났고, 노미경도 가방을 들고 구애신을 따라 나갔다. 그렇게 연오는 해긋시 보건진료소장회 역사상 최초로 투표로 뽑은 대표가 되었다.

일주일 뒤, 시보건소에서 감염병예방 교육을 했다. 구애신은 교육이 끝난 후 보건진료소장들끼리 차를 한 잔 마시자고 했다. 시보건소 앞 카페에서 구애신은 격앙된 목소리로 모임을 해산해야 한다고 말했다. 구애신처럼 대표를 오래 하며 전국보건진료소장회 이사진으로 활동하기도 했던 노미경도 이제는 정규직 공무원이 되었으므로 별정직

때 만든 보건진료소장회는 없어져야 한다고 주장했다. 연오는 구애신에게 해산요구에 대한 사유를 적어 제출하라고 했다. 사유가 적절하면 도보건진료소장회를 통해 전국 보건진료소장회에 보고하겠다고 말했다. 구애신은 연오를 노려보더니 가방을 들고 투표를 하던 날처럼 나가 버렸다. 노미경이 혼잣말처럼 소리치며 뒤따라 나갔다.

-무슨 모임에 인간미라고는 없냐!

연오가 밖으로 나와 차에 오르자 백승이가 연오의 차문을 열고 옆자리에 올라앉았다. 백승이는 대상이 누구인지 모를 적개심을 눈빛에 담고 고백처럼 말했다.

-사람들이 저를 대단하게 볼 거예요.

-왜?

-저쪽에 있을 때는 선배 왕따시키면서 짜릿한 스릴이라도 있었어요. 주류인 것 같아 안심도 됐구요. 그런데 그걸 마다하고 조직의 왕따인 선배를 대표로 만들었으니까 선배는 저에게 고마워해야 해요.

-대표가 된 게 좋은 일이냐?

-뭐 쉬울 줄 알았어요? 선배는 우선 걔네들에게도 굽히면서 유연하게 품어야 해요.

-품어?

-물론 오늘 버티신 건 잘한 거예요. 선배도 노미경과 구애신이 왜 저러는지 아시죠? 모임을 해산시킨 다음 자기들이 다시 만들려고 그러는 거예요. 선배 스스로 못 견디고 나갔다고 소문내면서요.

-뒤에서 지시하는 사람들도 있는 거고?

-당연하죠.

백승이가 간신히 참고 있다는 표정으로 입을 앙다문 채 입술을 떨었다.

-제가 언젠가 말했을 거예요. 저는 인간으로는 선배를 좋아해요. 책을 빌려 볼 수도 있고, 평소 다른 사람들처럼 몰려다니지도 않지만, 또 동료를 대할 때 구분하지 않고 공평하게 대해 주죠. 그래서 제가 구애신과 친하게 지내며 선배를 따돌리면서도 선배가 사는 동네로 이사를 하기도 했잖아요. 물론 자주 왕래하며 산 건 아니지만요.

-넌 내가 모르는 사람까지 데리고 아무 때나 내 집 대문을 두드리면서도 이웃으로서의 왕래는 원하지 않았지.

-그런 제 마음은 편했다고 생각하세요? 저도 힘들고 무서웠다구요!

-힘들고 무서운 게 전부였을까? 그렇게 네가 필요할 때만, 일방적으로 해도 된다는 마음이 있었던 거지.

백승이의 입술에 경련이 일었다.

-꼭 그렇게 말해야 해요? 지난번에 대표를 뽑은 날 집에 와서 문 모서리에 발가락을 찧었어요. 다행히 발톱이 빠질 정도는 아니었는데 피가 많이 났다구요. 제가 죄를 받았다는 생각이 들면서 얼마나 무서웠는지 아세요?

-죄? 어떤 죄?

-제가 구애신을 공격했잖아요. 사실은 선배가 대표가 된 날, 집에 돌아와서 구애신에게 전화를 했어요. 그런데 구애신은 확고했어요.

연오는 백승이의 다음 말을 기다렸다.

-제가 선배 옆에 있는 한, 절대로 저를 상대하지 않겠다고 단호하게 말했어요. 그건 선배를 끝내 그만두게 하겠다는 의미로 들렸구요.

-여긴 신분 보장이 된다는 공무원 조직인데 왜 누구도 그런 말을 하는 구애신을 지나치다고 하지 않을까?

은서가 가끔 학교에서 돌아와 몸부림을 치며 자해를 할 때도 이렇게 가슴이 답답하지는 않았다.

-아무튼 저는 구애신에게도 말했지만 구애신과 선배, 그리고 저, 셋만 친하게 지냈으면 해요.

-우린 아홉 명이고, 난 대표야. 다 같이 잘 지내야지.

-그건 불가능해요. 대표 뽑을 때, 구애신이 노미경 추천하며 동문회 어쩌고 하는 거, 벌써 잊었어요? 보건소장 X 아래서 그 두 사람이 대표를 오래 했고, 조직에서 두 사람을 챙기는 거 보면 알잖아요? 그건 외부에도 세력이 있다는 건데 특히, 노미경은 동문회가 있어서 아쉬울 게 없는 사람이니까 우리는 어떻게 해서라도 구애신을 우리 편으로 만들어야 버틸 수 있어요.

갑자기 백승이의 뺨에 눈물이 흘러내렸다. 그것은 오랫동안 함께 했던 구애신과 분리되는 것에 대한 두려움과 연오가 힘이 없다는 것에 대한 절망처럼 보였다.

보수교육의 첫날인 월요일 아침, 연오는 해굿시청 주차장에서 백승이를 기다린다. 실습지도비에 대한 조사 건을 구애신이 어떻게 활용하려고 하는지 다 짐작할 수는 없지만, 아무튼 모두가 사법적 혐의를 벗는 게 우선이다. 교육을 함께 받게 되었더라면 숙박하는 동안 대책을 논의할 수도 있을 텐데, 구애신과 노미경이 이번 교육에 동행하지 않게 된 것이 못내 아쉽다. 연오는 구애신과 노미경에 문자 메시지를 보낸다.

〈아무래도 그냥 있어서는 안 될 것 같아. 내가 변호사 선

우리가 사는 이곳이 눈 내리는 레일 위라면

임을 했어. 결과가 좋으면 우리 보건진료소장들은 빠져나
갈 수 있으니까 그렇게 알고 함께 해 줬으면 해.〉

　백승이의 차가 주차장으로 들어와 연오의 차 옆에 선다.
연오가 트렁크를 열어 주자 백승이는 자신의 차에서 캐리
어를 내려 연오의 차에 옮겨 싣는다. 그리고 연오의 옆자
리에 올라앉는다.

　-정말 우리 둘뿐이네요. 이 껌 드세요.

　-아니 이가 안 좋아서…….

　-그러지 말고 제품 좀 사요! 여기 건강식품도 있고 모든
생필품 다 있으니까 여기 회원가입 좀 하라구요. 유기농
좋아하잖아요?

　-출발하자.

　보건진료소장들 아홉 명 중 지난해 두 명의 퇴직자가 있
어 신임 두 명이 들어왔고, 올해 또 세 명의 퇴직자가 있어
신임 세 명이 충원되었다. 이제 기존 보건진료소장은 구애
신과 노미경, 백승이, 그리고 신연오 네 명이다. 신임 동료
들은 따로 단톡방을 만들어 그들끼리 소통하며 움직이고,
올해 구애신과 노미경이 따로 교육을 다녀왔다. 연오가 대
표가 되면서 어쩌면 백승이와 연오만 분류된 것인지도 모
른다.

6

패를 보이다

노인복지에 대한 두 시간짜리 강의를 들은 후, 연오는 스마트폰을 확인한다. 구애신이 시보건소에 와 있다고 하며 통화를 원한다는 메시지가 도착해 있다. 구애신이 실제로 그 시간에 혼자 근무하는 보건진료소를 비워 놓은 채 시보건소에 가 있다면, 교육을 오기 전에 연오가 구애신에게 문자 메시지로 부탁했던 말들은 연오의 큰 실수다. 비록 구애신의 말을 듣고 경찰서에 가긴 했어도 같은 처지의 동료라고 생각하고 함께 문제 해결을 하려고 했던 것인데, 결국 적에게 중요한 패를 보여 준 셈이 되었다.

우리가 사는 이곳이 눈 내리는 레일 위라면

차라리 혼자 살려고, 보건진료소장 대표임에도 불구하고 동료들과 의논도 없이 변호사를 선임했다는 욕을 먹는 편이 현명했을 것 같다.

안금련이 보낸 문자 메시지도 있다.

〈전이화 보건과장님이 경찰 조사를 받으러 가는 날이에요. 관련자 전원이 대학 측으로부터 받은 실습지도비를 환수하면 과장님이 우리 모두를 위해 잘 소명하실 거예요. 금일 오후 3시까지 입금에 한해서만 유효처리됩니다.〉

연오로서는 이해할 수 없는 메시지다. 시조사계에서 일단락되었던 이 사건을 검찰에 고발한 것은 시민단체. 피의자는 현 백합회 회장인 전이화였다. 그런데 전이화가 왜 '우리 모두를 위해 소명'한다는 것이며, '유효처리'된다는 말의 의미는 무엇인가.

〈선배. 저는 제 맘 편하기 위해 환수하기로 했어요.〉

노미경에게서 온 문자 메시지다. 자기 마음 편하기 위해 한다는 말은 곧 설득은 사양하겠다는 의미일 것이다. 구애신도 계속 문자 메시지로 다그친다.

〈전화해.〉

〈통화 좀 해!〉

〈시간이 없어!〉

연오는 반응하지 않는다. 다시 구애신으로부터 사진 파일이 도착한다. 몇 달 전에 행정안전부에서 내려온 공무원 비리 관련 감찰계획 문서. 구애신은 스스로 비리공무원임을 자처하며 그들과 함께 환수를 강요하고 있다.

다시 강의가 시작되어 연오 옆에 앉았던 백승이가 자신의 스마트폰을 본 뒤, 연오에게 건넨다.

〈신연오랑 같이 있는 거지? 속히 연락이 되길 원한다고 전해!〉

연오는 결국 강의 중에 밖으로 나와 전화를 한다.

-너, 경찰서 조사 때 횡령에 대해 인정하고 조서에 도장 찍었지 않았었나?

경찰서에 다녀온 이후, 연오에게 들르지도 않았던 구애신은 연오가 조서에 도장을 찍었는지 이미 알고 있다.

-혐의를 인정하지 않았어.

-전이화 과장이 잠시 후에 조사를 받으러 경찰서에 갈 거야! 우리 모두 환수하면 선처가 될 테니까 협조해!

-그렇게 엄중한 일로 경찰서에서 우리를 부른다는 걸 알면서도 넌 나를 경찰서로 유인했던 거지?

-내가 끌고 갔냐? 잘난 네가 제 발로 들어간 거잖아!

-그렇게 말한다면, 지금부터라도 나한테 이래라, 저래

라, 하지 말아야지.

-너 혼자 남았어. 네가 지금 우리를 골치 아프게 하고 있다구! 왜 불법적인 돈을 가지고 있으려고 하는지 이해를 못 하겠네!

염려했던 일이 분명해져 간다. 그들과 하나가 되어 평균적 처벌을 받는다면, 그다음 순서는 구애신이 그들의 비호 아래 연오를 밟을 것이다. 그래서 구애신은 흥분 상태로 그들의 대리인 역할을 하고 있다. 그들이 이 기회를 놓치지 않을 것 같다.

-너는 나를 경찰서로 유인하고 또 이렇게 방해하는구나.

-시간이 얼마 없대! 우리 전체를 생각해서라도 제발 좀!

전화가 끊긴다.

연오는 눈에 띄는 벤치에 앉는다. 그동안 연오는 잘 견뎌 내고 있다고 생각했다. 사기업이 아니라 공무원 조직이므로, 평소에 자기관리를 잘하고 업무적으로 실수를 하지 않는다면, 별 문제가 없을 거라고 생각했다. 간혹 다가오는 조언자들도 연오에게 그렇게 말해 왔다. 그런데 지금 상황은 그게 아니다. 그들이 알고 있는 것을 연오는 혼자 모르고 있다.

연오는 송 변호사에게 전화를 한다.

6 패를 보이다

-변호사님. 전이화 백합회장이 곧 경찰서에 조사를 받으러 간다고 해요. 그래서 보건진료소장들이 받은 실습지도비를 모두 시금고로 보내라고 하는데, 그렇게 되면 나중에 스스로 혐의를 인정한 거나 다름없다고 하지 않을까요?

송 변호사의 목소리가 무겁다.

-실습지도비를 보낸다고 해서 반드시 혐의를 인정하는 방향으로 가지는 못할 겁니다. 그냥 협조차원에서 환수했다고 하면 될 겁니다.

이번에 혼자 버티면, 그들은 다시 연오 때문에 유죄처분을 받게 되었다고 주장할 것이다. 그 주장은 연오가 욕을 먹게 하는 것으로 끝나지 않는다. 조직의 힘은 유포된 어떤 것을 근거로 삼아 '처리'를 한다는 데 있다. 연오는 실습지도비 환수와 관련하여 자신에게 들어온 문자 메시지와 통화기록을 캡처한 후, 5년간 받은 실습지도비 84만 원 전액을 안금련이 알려 준 계좌로 송금한다.

전화가 온다. 안금련이다.

-경찰에 재조사 요청을 했다면서요?

-네.

-철회해요!

-실습지도비를 환수한 건 협조 차원이지만 이건 저의 방

어권이에요. 교육받는 데 집중할 수 있게 이제는 그만 좀 하세요.

-철회하는 걸로 알고 담당 경찰관에게 알릴게요!

연오는 송 변호사에게 이 사실을 또 알린다.

송 변호사는 어차피 검찰에 고발된 건이기 때문에 경찰서에서의 재조사는 별 의미가 없을 거라고 한다. 그리고 자신이 경찰서에 의견서를 제출하겠다고 한다. 연오는 안금련에게 문자 메시지를 보낸다.

〈조금 전 전화로 요구하신 재조사 요청은 실습지도비 환수와 마찬가지로 협조차원에서 철회하고, 대신 변호사 의견서를 제출하겠습니다.〉

안금련이 바로 회신을 보내 온다.

〈마음고생 많았어요. 담당 경찰관에 전달하도록 할게요.〉

2박 3일간의 교육 일정을 마치고 해긋시로 돌아오는 길, 연오의 차가 해긋시 톨게이트로 막 진입하고 있을 때, 블루투스 스피커로 전화벨이 울린다. 구애신의 전화다.

-도착하는 대로 시청으로 와.

차 안에 울려 퍼지는 구애신의 높은 목소리, 백승이는 연오의 옆자리에 앉아 아무런 내색 없이 듣고만 있다.

6 패를 보이다

-거긴 왜?

-와! 오면 알아.

묻는 말에 대답해 주지 않는 구애신의 어법은 여전하다.

-시청 어디?

-지하에 있는 노조 사무실이야.

-노미경은?

보건진료소장 중에는 연오와 노미경만 노동조합 조합원이다.

-걔는 왜?

-넌 조합원도 아니잖아?

-그게 뭐?

연오는 구애신 옆에 누군가 통화 내용을 같이 듣고 있는 것 같다는 느낌을 받는다.

-노미경은 부르지 않고 네가 왜 지금 나를 거기로 오라고 하냐구?

-도착하면 무조건 이쪽으로 와. 기다릴게.

연오는 시청 입구에 차를 멈춘 후, 옆자리에 앉은 백승이가 차에서 내리기를 기다린다.

-안 갈 건가요?

백승이가 힐난하는 듯한 표정으로 연오를 바라보며 묻

는다.

-어딜?

-구애신이 기다린다잖아요?

-넌 내가 가야 한다고 생각하니?

-그쪽에서도 기다리고 싶어서 기다리겠어요? 그래도 사람이 기다린다는데 가 보긴 해야죠.

차에서 내린 백승이는 옷 앞섶과 어깨를 손바닥으로 탁탁 치며 쓸어내린다. 마치 2박 3일간 함께 한 시간을 털어내고 싶기라도 한 것처럼 보인다. 그리고는 뒷자리에 실어두었던 캐리어를 내려서 앞쪽 발바닥을 강하게 딛는 특유의 타박타박하는 소리를 내며 멀어진다. 운전대에 손을 올린 채 시청 건물을 바라보던 연오는 멈칫한다. 시청 계단 앞에 현 보건소장 S가 이쪽을 보고 서 있다.

S가 회장이었던 해당화회에서는 오랫동안 구애신에게 감사직을 맡겨 왔다. 연오가 보건진료소장 대표가 되자, 해당화회는 감사 자리에 새 대표인 연오의 이름을 올렸다.

연오의 이름이 해당화회 감사 자리에 올려지자 구애신은 그날 바로 시보건소 여직원 전원에게 해당화회의 해체를 주장하는 메일을 보냈다. 겉으로는 회비 강제징수에 대한 불만이 그 사유였다. 연오가 대표가 되자 해긋시 보건 진료소장회의 해체를 주장하며 모임에서 나간 직후였다. 몇몇이 회신형식의 답글을 달며 동조를 했다. 곧 해당화회는 시보건소에서 비상총회를 소집한다고 알려 왔다.

연오는 사모임의 총회를 근무시간에, 소집요건이나 절차도 무시된 채, 공적인 장소에서 개최한다는 것은 부적절하다는 이유로 불참을 통보했다. 구애신이 전화를 걸어 집요하게 참석을 종용하며 한 말은 이랬다. '중요한 회의에 감사가 참석하지 않는다는 것은 아주 비겁한 처신이다, 보건진료소장 대표로서의 직무를 유기하는 것이고, 부당하게 운영되는 사모임을 응원하는 것이다.'

총회 당일, 연오는 외출 결재를 상신한 후 시보건소로 향했다. 시보건소 강당에는 평소 보건소장 S의 처신이나 회비의 강제징수에 대해 불만을 가진 여직원들이 대부분 참석한 것 같았다. S는 보이지 않았다. 회의가 진행되자 한 여직원이 앞으로 나와서 울먹이며 보건소장 S를 변호했다. S는 존경할만한 분인데 이런 상황이 와서 너무도 마음이 아프다고 말하며 눈물을 흘렸다. 몇몇 직원의 동조가 있었다. 이어서 구애신이 발언권을 얻어 직원들 앞에 섰다.

-조직에 충성한 대가가 결국 이건가요? 이런 식으로 사

람을 내친다면, 그 누가 이 조직에 충성을 다 하겠어요? 제가 보건 조직을 위해 어떻게 살아 왔는지 직원 여러분들이 너무도 잘 아실 겁니다. 저만큼, 이 구애신이만큼 이 조직에 충성한 사람이 있으면 앞으로 한 번 나와 보세요! 해당 화회는 이제 해체되어야 합니다.

언뜻 구애신의 말은 특정한 누군가를 표적으로 하는 것 같지는 않았다. 그러나 때로는 유창한 언변보다 보여 주는 행위가 훨씬 더 강력할 수 있다는 것을 연오는 곧 느껴야 했다. 상기된 얼굴로 퇴장하던 구애신이 맨 뒷자리에 앉아 있던 연오에게 다가오더니 연오의 어깨 위에 손을 올렸다. 연오는 불길한 손의 감촉을 털어 내지도 못한 채 그대로 앉아 있었다. 구애신은 마치 포토존에 서 있는 것처럼 사람들의 시선이 충분히 모였다가 제자리로 돌아갈 즈음 가방을 들고 회의장을 빠져나갔다. 투표 결과에 따라 해당화회의 해체가 선포되자 맨 앞자리에 앉아 있던 전이화가 일어났다.

-오늘의 이 모욕은 반드시 문제를 일으킨 사람들에게로 되돌아갈 겁니다! 후배들이 지켜보는 가운데 그동안 조직을 위해 고생한 선배들을 이런 식으로 치면, 후배들은 본대로 여러분들에게 할 겁니다! 따라서 앞으로 점점 힘들어

질 것을 각오해야 할 겁니다!

전이화가 분노에 차서 말하는 방향은 연오가 앉아 있는 쪽이었다.

다시 은서를 등교시키고 출근하는 일상이 이어진다.

사무실에 도착해 문서함을 열자 〈간호학생 실습지도비 환수내역〉이라는 제목의 문서가 올라와 있다. 백합회 관련자들은 이름 대신 그저 백합회로 되어 있고, 보건진료소장들은 개별적으로 낱낱이 이름과 금액이 표시되어 있다. '자발적으로 환수를 원하여 집행'이라는 문구가 눈에 띈다.

경찰 조사를 받은 여름이 지나가고 있다. 무슨 일이 벌어지는지 알 수 없다. 누군가는 휴가 기간이어서 조용한 것 같다는 말을 했다.

해굿고교 학교폭력대책자위원회는 가해·피해 당사자 모두가 참석하지 않은 채 열려 '무혐의 처분' 결정을 내렸다. 지역신문 해굿투데이는 해굿고등학교에서 발생한 장애학생 간 폭행 사건은 학교당국의 중재로 원만하게 처리된 사례로 소개했다.

그렇게 적막한 여름이 가고, 가을이 와 있다. 피서객이 떠난 바다는 고요하다. 손님이 붐비던 집, 저 구석에 세워진 몽둥이가 다시 밖으로 나올 것 같다. 이른 추석 연휴를 앞두고 시보건소에서 전직원들에게 이례적으로 건어물 세트를 돌린다.

　-전이화 과장, 정말 멋지지 않아요? 딱, 제 취향이에요!

　백승이가 좋아한다.

7

레이지
데이지
스티치

　　동산리에서 레스토랑 '비밀의 화원'을 운영
하는 고경혜는 연오와 이로시에서 중·고등학교를 함께 다
닌 동창이다. 동산보건진료소로 발령받은 해의 어느 주말,
연오는 마트에서 카트를 밀고 지나가는 경혜를 알아보았
다. 얼굴에 세월의 흔적은 있었지만, 유난히 검은 모발과
맑은 피부는 옛 모습 그대로였다. 둘은 카트를 세워 놓고
분식코너에 마주 앉아 잔치국수를 먹었다.

　　경혜의 아버지는 이로시에 있는 산업대학 학장, 엄마는
중학교 교사였다. 경혜는 남편과 헤어진 후 미국으로 갔다

가 돌아왔다고 했다.

　-부모님은 퇴직 후에 해굿에서 살고 싶어 하셨는데, 결국은 두 분 모두 이로에서 돌아가셨어. 아버지가 해굿 출신이고, 물려받은 땅도 좀 있었거든. 그 땅에 내가 레스토랑을 지은 거지.

　중학교 시절 어느 날, 경혜는 하교 후 학교 근처에 있는 자신의 집에 같이 가자고 했다. 경혜의 집은 언덕 위에 있는 2층집이었다. 대문을 밀고 들어가자 피아노 반주에 맞춘 노랫소리가 들렸다. 연오는 노랫소리가 멈추지 않도록 현관문을 향해 앞서 걷고 있는 경혜의 옷자락을 잡았다. 경혜와 연오는 마당에 서서 노래를 들었다.

　한줄기 바람이 부는 아침
　동그란 얼굴이 가슴에 닿는다아.
　싱그런 미소 별 같은 눈빛 눈앞에 보인다.
　얼굴을 붉히며 뛰어온다.
　한줄기 바람이 불어오온다아.
　모두 사라아-진다아.
　사라져어 가안다아…….

　차분하고 맑은 목소리였다.

-너, 아직도 별밤 듣니?

-가끔.

-우리 언니는 엽서를 보내기도 해. 요즘 신청곡은 늘 저 노래야. 낮에는 가끔 지금처럼 피아노를 치면서 노래를 부르기도 하고…….

경혜 언니뿐만 아니라 당시에는 그 또래에게 라디오가 친구였고, 소통의 도구였다. 그런데 언니에 대해 말하는 경혜의 얼굴에는 그늘이 져 있었다.

경혜가 조심스럽게 현관문을 열고 들어갔다.

등을 보인 채 피아노를 치고 있는 경혜 언니의 뒷모습에 가사 시간에 수를 놓던 경혜의 뒷모습이 겹쳤다. 경혜가 수틀을 잡고 수를 놓는 솜씨는 반에서 최고였다. 새 옷을 자주 입고, 공부도 잘하고, 얼굴도 예뻐서 아쉬울 것 없이 보이던 경혜였다.

-친구가 왔구나.

경혜의 언니가 뒤돌아보며 말했다.

-응 언니. 내 친구 연오야.

-안녕하세요?

-그래. 반갑다. 방에 들어가서 놀아.

경혜의 언니는 연주를 멈추고 일어났다. 그리고 한쪽 다리를 심하게 절며 주방으로 갔다.

접시에 과일을 담아 경혜의 방으로 들어온 경혜의 언니는 강박적으로 웃어 보이려고 했다. 경혜는 언니를 부끄러워하는 것 같지는 않았지만 살갑게 대하지도 않았다. 언니가 과일을 놓고 나가자 경혜는 자기 방 침대에 앉아 목소리를 낮춰서, 그러나 거침없이 말했다.

-나는 집에서 기쁜 내색도, 슬픈 내색도 할 수 없어. 혼자 짝사랑하며 매달리는 사람 같은, 그런 언니의 웃는 얼굴도 지겨워. 사실은 피아노 소리도 듣기 싫어. 빨리 집을 떠나고 싶어.

연오가 웃으며 대답했다.

-나는 기쁜 일도 슬픈 일도 없고, 가끔 화가 나. 그래서 제인 에어처럼 차라리 집을 떠나서 내 인생을 살고 싶어.

경혜가 깔깔거리며 웃었다.

-우와! 멋지다! 그렇지 않아도 너 독후감 써서 조회시간에 상 받았잖아. 그거 학교에서 하라고 한 거 아닌데, 어떻게 된 거야?

-서점에서 잡지를 뒤적이다가 독후감 모집한다는 걸 봤어. 마침 도서실에서 《제인 에어》를 빌려 읽은 적이 있어서 보내 본 거야.

-그게 당선되어서 학교로 트로피가 온 거지?

-응.

-넌 제인 에어가 불쌍하다고 생각하니?

-진짜 불쌍한 건 창문이 없는 방에 갇혀 살다가 죽은 로체스터의 부인이지.

-그렇게 독후감을 썼니?

-아니, 독후감에는 어려움을 극복해 나가는 제인 에어의 열정과 용기 같은 걸 썼지. 주인공을 예찬해야 상을 받기 쉬우니까.

-넌 네 길을 개척하는 데 적극적이구나. 나는 숙제도 아닌데 혼자 그런 응모를 한다는 건 생각해 본 적이 없어.

-길이 보이지 않으면 찾아가야지. 제인 에어도 그랬잖아.

연오의 말에 경혜가 반색하며 말했다.

-그래. 길이 보이지 않으면 찾아야지. 우리 기자가 되면 어떨까? 그래서 많이 참지 않아도 되고, 화를 적게 낼 수 있는 그런 세상을 만들어 보는 게 어때?

-그래. 좋아!

국수를 먹는 동안, 연오는 경혜의 언니를 떠올리면서도 선뜻 언니의 안부를 묻지 못했다. 헤어질 때, 경혜는 '비밀의 화원'으로 놀러 오라고 했다. 그 후, 낯선 장소에 가지

우리가 사는 이곳이 눈 내리는 레일 위라면

않으려고 하는 은서와 외식을 즐기지 않는 연오의 성향으로 '비밀의 화원'에는 우연한 기회에 두어 번 갔을 뿐이다.

인간은 유년을 등에 업고 사는 것인지도 모른다.

'비밀의 화원' 앞마당에 있는 감나무와 붉은 흑장미가 석양에 물들고 있다. 건물은 이로시에 있던 경혜네 집을 닮았다. 문을 열고 나온 경혜의 인상은 여전히 산뜻하다. 베이지색 바탕에 하늘색 꽃무늬가 있는 린넨 원피스도 경혜에게 잘 어울린다.

창가에 있는 테이블에는 1인 예약석처럼 세팅이 되어 있다. 경혜가 연오에게 자리를 안내해 주고 주방으로 간다. 연오는 자리에 앉아 탁자를 덮은 식탁보를 유심히 본다. 가장자리와 모서리에 수가 놓인 하얀 식탁보다. 식탁 위에는 보라색 꽃을 피운 애플민트 한 줌이 유리화병에 꽂혀 있다. 받침은 흰색 구정 손뜨개로 짠 것이다. 모든 식탁보와 창에 드리운 커튼 가장자리에 레이지 데이지 스티치가 수놓아져 있다. 경혜가 파스타와 화이트와인을 식탁 위에 내려놓으며 앉는다. 해물을 넉넉히 넣은 파스타다.

-여름에 바빴지?

-그렇지도 않았어. 여름 내내 비가 오고 저온현상이기도

했지만, 우리는 단골 위주의 예약제잖아. 너는?

-나야 뭐 늘 그렇지.

-은서 키우느라 이런 거 먹으러 다닐 틈도 없지? 이 토카이는 헝가리 여행에서 직접 사 온 거야.

경혜가 와인을 따른다.

-같이 먹자.

-나는 오후 네 시 이후에는 아무것도 안 먹어.

이제 그런 몸 관리가 필요한 나이다. 연오도 그런 여유를 갖고 싶다고 생각하며 파스타를 포크로 돌돌 말아서 한 입 가득 넣는다.

-맛, 괜찮아? 어떤 종류의 파스타를 좋아하는지 몰라서 그냥 해물로 했어.

-이거 좋아해.

-천천히 먹어. 와인도 마시면서…….

-은서가 혼자 있어서 빨리 가 봐야 해.

-그렇구나. 그렇더라도 잠시 쉰다고 생각하고 천천히 먹어. 사실 월요일인 오늘은 정기휴일이야. 내가 손님이 없을 때 이렇게 널 보자고 한 건…….

-이 식탁보, 네가 만든 거지? 정말 예뻐. 너 레이지 데이지 스티치 잘했던 거 생각나.

-어떻게 그런 걸 다 기억하니?

-그게 왜? 수틀에 하얀 린넨을 끼워 넣고 꽃을 수놓던 네가 눈에 선해.

-너는 틈만 나면 책을 읽었고?

-그야 뭐…….

-넌 누구에게 먼저 다가오는 타입은 아니었지만, 책 읽는 아이여서 아이들이 널 좋아했고 누구도 함부로 하지는 않았지.

-함부로 해도 될 사람이 따로 있는 건 아니잖아?

연오가 웃으며 말하자 경혜는 잠깐 연오를 물끄러미 바라본다.

-그야 그렇지.

연오는 모른 척 와인을 입안 가득 물었다가 삼킨다.

-연오야. 그래서 말인데, 친구니까 말할게.

-그래. 해라! 친구로서!

연오는 오늘의 이 자리가 특별히 준비된 것이라는 걸 알고 있다. 이즈음에 경혜가 연오에게 전화를 한 것은 우연이 아니다. '비밀의 화원'에는 시보건소 직원들도 온다. 구애신도 동산에 근무하던 시절에 단골이었고, 때로는 이곳에서 식사하는 사진을 메신저 프로필에 올리기도 한다.

-나는 너를 알지만, 그래도 나는 네가 사람 관리를 좀 했으면 좋겠어.

-그런 거 정말 어려워.

경혜는 잠깐 머뭇거리다가 말한다.

-고3 때, 네 결정은 우리반 아이들에게 정말 충격이었어. 너는 졸업식에 오지 않았고, 그 후로도 그 누구와 연락을 하지 않았기 때문에…… 마트에서 네가 날 먼저 아는 척한 건 정말 뜻밖이었어. 어리둥절할 만큼.

-그 반대였다면, 너는 그냥 스쳤다는 얘기잖아?

-그랬을지도 몰라. 하지만 그건 내가 원해서가 아니고, 네가 원하기 때문이라고 생각하는 거지.

-눈물겹네.

연오가 이곳에 오기를 꺼린 또 다른 이유에는 '단골위주의 예약제'라는 영업방식 때문이기도 하다. 그 말은 아무나 환영하지는 않는다는 얘기다.

-너도 이젠 여기서 한자리하고 사는 거나 마찬가지인데, 위에 신경 쓰고 살아야지.

-한자리는 무슨?

-그렇잖아.

-너는 마치 내가 대단한 걸 누리는 것처럼 말하네.

-이 시대의 공무원이잖아?

경혜는 자신이 말해 놓고도 머쓱해서 웃고, 연오도 씁쓸해서 웃는다.

-그게 아니지. 그중에서 이런저런 핸디캡이 있는 내가 만만한 거잖아. 난 종종 웃긴다는 생각을 하곤 해. 좋은 대학 못 가서 공무원이 된 나에게, 내가 선망하던 청춘을 보낸 사람들이 이런 말을 할 때, 나는 어떤 표정을 지어야 할지 잘 모르겠거든.

경혜가 일어나서 와인 잔을 가지고 온다.

-나도 한 잔 줘.

연오가 경혜의 잔에 와인을 따른다. 경혜가 한 모금 마신다.

-다른 공무원들 생각은 다르다는 게 문제지.

-그것 봐. 너는 내가 마치 공무원이 아닌 것처럼 말하고 있어. 공무원이 공무원에게 잘해야 살아남는다는 거잖아? 그게 너 같은 시민들에게까지 충고를 듣게 할 정도로 알려졌다는 게 이상한 거 아니니?

-좁은 지역에서 살려면…….

연오는 냅킨으로 입가를 누른다. 접시에는 아직 파스타가 반쯤 남아 있다.

-경혜야. 내가 여기서 불법체류자로 살고 있는 거 아니잖아? 나, 반칙하며 살지 않았어.

-그런 걸 낱낱이 말하는 자체를 불온하게 보는데 어쩌겠냐?

-상식적인 얘길 반복하고 또 반복하게 만드는 사람들은 옳은 거니?

-부모가 장애 아이를 평생 데리고 사는 거, 상식 아니야. 부모도 부모의 삶이 있어.

-그 부모의 삶에 따로 포함시키고 싶은 게 있는 거지. 네가 지금 온전히 부모인 나를 걱정하는 건 아니잖아?

-그래. 주변 사람들을 소홀히 하지 말아야지. 관리 좀 하라는 말이 그 말이야.

-장애 문제도 노인 문제처럼 공적시스템에서 함께 해결해 줘야 할 문제야. 그래서 국가에서 장애인활동보조사나 노인요양사들을 지원하고 있어. 가족과 함께 살아갈 수 있게 하는 것, 왜 그런 문제에는 아무도 관심이 없지? 너조차도 외국에서 살았다면서 대체 뭘 보고 온 거니?

-아직 우리나라는 과도기잖아. 내가 보기에는 그래도 네가 직원들에게 조금만 잘하면 될 것 같아.

-친구라면서 네가 듣는 얘기가 전부라고는 생각하지 마.

-우리 언니가 늘 웃는 얼굴이었던 이유는, 그게 자기를 버릴까 봐, 자기는 괜찮으니까 좀 봐달라는 뜻이었어. 도움이 필요한 쪽이 굽혀야지 어쩌겠니?

-그렇게 안 하고도 살 수 있는 세상을 만들기로 한 거, 기억 안 나? 언제까지나 과도기라는 말만 할 거니?

경혜가 자리에서 일어나 창 쪽으로 다가간다. 그리고 창틀을 짚고 서서 밖을 내다보며 말한다.

-연오야! 과도기라는 게 꼭 시간이 필요하다는 뜻은 아니야. 영원히 과도기에 머무는 일도 있어.

-알아. 마음이 없을 때, 무시하고 싶지만 그러면 안 되는 일에 쓰는 말이 과도기지.

-그러니까 현실을 부정하지 마. 난 동산에 근무하는 아무개가 건방지고 도무지 굽힐 줄을 모른다고, 다른 사람들이 다 듣도록 일부러 욕하는 사람들 앞에 요리를 내놓을 때…… 나도 공범자가 되는 것 같아서…… 차라리 널 모른다면 나도 한마디쯤 보탰을 거야. 세상에 뭐 그런 여자가 다 있냐고 하면서 말이야.

-그게 사실이라면, 그런 말을 들어야 하는 너와 당하는 나, 둘 다 힘이 없다는 의미지.

-그래. 그렇지 않아도 널 설득하지 못하면 내가 곤란해

질 수 있을 거라는 생각을 해.

경혜의 말은, '비밀의 화원'은 일반음식점이고, 위생 문제로든, 모범업소선정 같은 홍보 차원에서든 시보건소와 밀접한 관계에 있음을 염두에 둔 것일 수 있다.

-꼭 그렇지는 않아. 너는 너대로 그들에게 쓰임이 있을 테니까.

-넌 참 대단하다. 그렇게 다 알고 있다면, 나라면 벌써 그만뒀을 것 같아.

-그만두면? 내가 스물셋 나이에 아무런 네트워크도 가질 수 없는 무의촌에 간 이유는, 오직 생존 때문이야. 뒷산 계곡물을 받아서 식수로 쓰고, 방범창살을 현관문까지 해놓은 철창 속에서도 밤이 되면 불을 켜지 못했던 삶을 네가 상상할 수 있을지 모르겠다. 어떻게 해서든 한 달을 버티면 월급이 나오고, 그 돈을 집으로 보내며 십 년을 견디다가 결혼한 거야. 거기서 은서를 낳았고, 아이 맡길 곳이 없어 보행기 앞혀서 비디오만 틀어 주며 일을 하면서도 나는 그만둔다는 생각은 해보지 않았어.

연오는 반년간 경혜와 같은 학교 캠퍼스 안에 있었다는 말은 하지 않는다. 경혜는 4학년이었고, 연오는 3년제 전문대를 졸업한 후 무의촌 파견을 앞두고 같은 대학 의과대학에서 직무교육 중이었다.

-커피 가져올게. 잠시만.

-아니야. 이제 갈게. 가봐야 해.

연오가 웃으며 일어나 카운터 쪽으로 간다. 경혜가 뒤따라와서 연오가 건넨 신용카드를 돌려주며 서둘러 주방으로 간다.

-그럼 기다려! 그냥 가면 안 돼.

접시가 바닥에 떨어지는 소리가 난다.

-천천히 해.

연오는 주방에서 등을 돌린 자세로 창밖을 본다. 저 멀리 들판에 펼쳐진 벼가 흔들린다. 중간고사를 본 날 경혜의 제의로 시내버스를 멀리까지 타고 나가서 들판을 걸은 적이 있다. 그때도 우리는 무엇을 약속하고 다짐했던 것 같다. 경혜가 흰색 종이가방을 들고 주방에서 나와 연오에게 내민다.

-돈가스야. 은서 주라고. 너나 이거라도 가져가야 내 맘이 편할 것 같아.

집에 도착하자 냄새를 맡은 개가 꼬리를 치며 달려온다. 연오는 돈가스를 꺼내 개에게 던진다. 개는 돌아서서 허겁지겁 먹어 치운다. 연오는 그 모습을 스마트폰으로 찍는다.

다. 친구라고만 할 수 없는 관내 레스토랑 주인이 자발적으로 준 돈가스를 개에게 전달했을 뿐, 대가성은 없었고, 연오나 은서가 먹은 것도 아니다.

우리가 사는 이곳이 눈 내리는 레일 위라면

8

작별 앞에서의
소망

파도 소리가 더욱 쓸쓸하게 들리기 시작하는 11월. 유경조 교수가 점심을 함께 하고 싶어 한 장소는 뜻밖에도 수제버거집이다. 버거집은 동산에서 북쪽으로 10km가량 떨어진 죽도해변에 있다. 주말에는 줄을 서야 먹을 수 있는 곳이다.

연오가 버거집 앞에 주차하자 자신의 차인 회색 벤츠 옆에 서 있던 유 교수가 다가온다.

-아이구우, 어떻게 해요?

갈색 캐시미어 목도리로 감싼 유경조 교수의 얼굴은 야

위어 보인다. 연오는 린넨 가방을 어깨에 걸며 유 교수가
내미는 두 손을 맞잡는다.

-오랜만에 뵙네요. 잘 지내셨죠?

손을 맞잡은 두 사람은 서로를 향해 애써 웃는다. 할 말
은 있는데 어떤 말을 해야 할지 모르겠다.

평일이어서인지 줄을 설 정도는 아니다. 연오는 모짜렐
라 치즈버거, 유 교수는 체다딥 치즈버거, 그리고 커피 두
잔을 주문하고 창가에 앉는다.

-가끔은 이런 것도 먹어 보고 이런 곳에 섞여 보고도 싶
었어요. 동산에 실습 나간 학생들이 여기 얘길 가끔 했죠.
동산 진료소장님이 사 줬다고 하면서요.

유 교수가 다시 엷게 웃는다.

-여기서 먹지는 못하고 제가 점심시간에 나와서 사다 준
적이 있어요. 제 딸이 여기 수제버거를 좋아해서 가끔 사
다 주거든요.

-저기 바다가 이렇게 좋은데, 왜 같이 나와서 먹지 않고
사다 주나요?

-학교 외에는 밖으로 나가지 않으려고 해요. 일단 집에
들어가면 안 나오려고 하니까 외식은 못 하죠. 그래서인지
저는 여기 오면 또래들과 줄을 서 있는 젊은 학생들을 자

꾸 돌아보게 돼요. 사람의 표정이 가장 밝아 보일 때는 친구와 좋은 시간을 보내고 있을 때인 것 같거든요.

-이런 말 어떻게 들릴지 모르겠는데, 저는 어처구니없게도 가끔 이런 생각을 해 봐요. 신 소장님처럼 은서 같은 따님이 있는 것이 좋을까, 아니면 나처럼 결혼도 안 하고 아이도 없이 혼자 사는 게 더 나을까, 하는 생각······.

-아, 뜻밖이네요.

연오는 개인적 속내에 대해 말하는 유경조 교수가 평소와 다르다고 느낀다.

-여기 와서 20년간 열정적으로 학생들을 가르쳤지만, 제자라고 할 만한 사람도 없고······ 그래서 그런 생각이 드는지도 모르겠어요. 서울을 떠나 여기로 처음 올 때는 무슨 개척자 정신이라도 지닌 것 같은 심정이었는데······. 신연오 소장님도 잘 아시겠지만 해긋에 4년제 간호학과가 생긴 건 그때가 처음이잖아요?

-네.

-보건진료소장님들이 처음 무의촌에 갈 때도 저와 비슷한 심정이었을 거라는 생각을 해요. 많이 미안하구요.

-저도 요즘 처음 발령받아서 근무했던 스물세 살, 그때가 자꾸 떠올라요.

-어떻게요?

-그때도 외로웠지만, 지금의 외로움과는 다른 거였어요.

-이해해요. 사실은 제가 이번 학기를 마지막으로 학교를 그만두게 됐어요.

-아, 그렇게 되는 거였군요.

-명퇴 신청을 했는데, 오늘 받아들여졌다는 심사통보를 받았어요.

보건소장 X와 S가 퇴장하고, 이제 유 교수도 떠난다. 어느 해, 학생 실습지도를 앞두고 을유대학교 지역사회간호학과 조교가 보건진료소장들에게 저녁식사 제의를 한 적이 있었다. 조교는 유경조 교수가 안식년을 신청하여 해외에 나가 있다고 했다.

-해외봉사를 갔다고? 다들 포장은 그럴싸하지. 간판만 번드르르하면 뭐 해?

구애신이 혼잣말하듯 빈정거렸다. 상승세를 멈춘 사람에게는 단 1초의 망설임도 없이 돌아서는 구애신이라는 것을 아는 연오는, 유경조 교수의 상황이 좋지 않을 거라는 짐작을 했다.

-교수님. 이제 지역사회간호학 시대는 끝난 걸까요? 저희는 정말 시대의 소모품이었나요?

-그러면 안 되는 거죠. 기초현장인 지역사회가 건강해야 하니까요.

-그렇지만 역할이 줄어들고 힘이 없잖아요. 우리가 처음 교육받을 때, 지역사회간호학과 교수님들께서 저희에게 굉장한 자부심을 심어 줬지만, 실제의 현장은 너무나 달랐어요. 교수님들은 사정을 몰랐던 것일까요?

-그렇진 않을 거예요. 뭐든 어려운 사업은 포장하지 않으면, 시작조차 어려우니까 그랬을 수도 있구요.

진동벨이 울리자 연오는 카운터로 가서 주문한 버거를 가져온다.

-비주얼이 상큼하니까 기분까지 좋아지네요.

유경조 교수가 쟁반에 담긴 버거를 보며 말한다.

-여기 오길 잘한 것 같아요.

-그래요. 우리 맛있게 먹어요.

호밀빵 사이에 끼워진 치즈와 양상추, 그리고 얇게 썬 토마토가 보인다. 두툼한 수제버거는 포크로 빵 가운데를 고정한 다음, 다른 한 손으로 나이프를 들고 천천히 잘라서 먹어야 한다.

연오가 버거를 감자튀김과 함께 사주면 은서는, 맨 위에 올려진 빵부터 내려놓기 시작해 차례로 모든 재료를 접시에 늘어놓고 해체한다. 그리고 가장 좋아하는 고기부터 나이프로 조금씩 잘라서 천천히 먹은 후, 양상추는 흘러내린 데리야키 소스에 묻혀서 잘게 자른 빵과 함께 한입에 넣는다. 은서는 절차가 중요한 의식을 치르듯 그렇게 분리해 먹은 다음, 마지막으로 감자튀김을 토마토케첩에 묻혀서 천천히, 남기지 않고 모두 먹곤 한다.

-교수님! 앞으로의 계획을 물어봐도 되나요?

-일단은 아프리카로 의료봉사 일정이 있어요. 일 년 정도 있을 것 같아요. 같이 갈까요?

유 교수가 웃는다.

-저야 당장 그럴 형편은 못 되죠. 나중에 기회가 된다면, 그보다는 기차를 오래 타 보고 싶어요.

-기차요? 아마 지치고 힘들어서 그런 마음이 드는 걸 거예요.

-네, 그냥 몸을 맡긴 채 낯선 풍경을 보며 멀리 가 보고 싶어요. 지금처럼 초겨울이면 더 좋을 것 같아요.

-11월은 여행하기에 정말 좋죠. 꼭 이루시길 바랄게요.

유 교수는 바닷가를 좀 걷자고 한다. 연오는 유 교수가 개인적으로 특별한 날에 대한 소회에 젖을 수 있도록 조금 뒤에서 따라 걷는다. 파도가 제법 높지만 유 교수의 발자국을 쏠어 가지는 않는다. 연오도 사회적 네트워크라는 레일 위에서 내려서야 한다면, 그 세계는 경험하지 못한, 알 수 없는 세계일 것이다. 그렇다면 지난 삶 중에서 가장 황폐했던 때라도 불러내어 일어나야 한다.

연오에게는 스물세 살에 유폐되었던 그 황무지 같은 삶의 기억이 있다. 기댈 곳 없었던 그때처럼 연오 자신부터 무장하고 다시 은서와 함께 살 것이다. 긴 기차여행을 다녀온 후, 나머지 삶은 이 바닷가에서 은서와 함께 버거를 해체할 수 있는 날들이기를 꿈꿔 본다. 모든 것을 다 받아주는 바다가 이렇게 곁에 있다는 것을 늘 기억해야 한다.

-신 소장님! 벌써 점심시간이 끝나 가네요. 사무실에 들어가 보셔야 하죠?

모래 위에서 걸음을 멈춘 유 교수가 시계를 본다.

-네.

-모쪼록 건강하세요. 따님과 행복했으면 좋겠구요.

-네, 감사해요. 교수님도 건강하세요.

-교수님, 이라는 그 말, 해긋시에서 신 소장님이 제게 마지막으로 불러 주는 분으로 기억될 것 같아요. 서울에 오게 되면 연락 주시구요.

연오는 유 교수의 차가 떠날 때까지 서 있다. 이방인의 이른 퇴장이라는 생각에 마음이 아프다. 그녀와 동년배의 교수들은 보직을 맡아 학교에서 중추적 역할을 하고 있을 것이다. 어쩐지 그녀가 고속도로를 달리며 간혹 눈시울을 붉히다가 가족도 없는 서울의 아파트 문을 열고 들어가서 끝내 울음을 터트릴 것만 같다.

우리가 사는 이곳이 눈 내리는 레일 위라면

9

한 건의
미학

생각보다 덤덤하고 무감각한 아침이다.

검은색 코트 위에 회색 머플러를 두른 연오는 현관에서 구두를 신고 마당으로 나선다. 대문 앞까지 따라 나오는 개의 눈동자가 어쩐지 슬퍼 보인다는 건 연오의 시선일 뿐일지도 모른다.

늘 지나다니는 길, 그저 풍경이었던 도로를 연오는 비애감을 품은 채 달린다. 직접 겪기 전에는 모든 일이 남의 일이듯, 연오는 법원이나 검찰청은 자신과 상관없는 곳인 줄 알았다. 신호등 앞에서 연오는 차를 정지하며 또다시 자신의 삶 앞에 켜지는 적색신호를 바라본다. 삶이란 녹색과 적색이 함께 있는 길 같다. 달리다가 멈추고 멈추었다가 달리는, 그런 길.

연오는 송 변호사가 말했던 대로 검찰청 중앙현관으로 간다. 티브이에서 봐 왔던 것처럼 포토라인이나 기자는 없다. 이 사건을 지속적으로 취재하여 시리즈로 내보내겠다던 기자도 보이지 않는다.

주변의 모든 요동이 거세된 듯 적막하다.

날씨가 제법 쌀쌀한데 송 변호사는 코트는 입지 않고 양복 차림으로 현관에 서 있다.

-안녕하세요?

-네, 들어가시지요.

이발을 해서인지 송 변호사의 표정에서 절제와 긴장감이 묻어난다.

출입구를 관리하는 사회복무요원이 의자에 앉아 졸고 있다. 송 변호사가 신분증을 꺼낸다. 연오도 신분증을 꺼내 나란히 놓는다. 눈을 뜬 사회복무요원이 책상 위에 놓인 일정표를 살펴본다. 신분증과 일정표에 나와 있는 대상을 확인한 후, 들어가라는 손짓을 한다. 연오는 송 변호사와 나란히 걸어서 엘리베이터 앞에 선다.

우리가 사는 이곳이 눈 내리는 레일 위라면

-식사는 하셨어요?

침묵이 어색하여 연오가 묻는다.

-네, 먹고 왔습니다.

-다른 분들도 검찰조사를 받았나요?

엘리베이터가 멈추고, 송 변호사가 연오에게 먼저 타라는 손짓을 한다. 두 사람이 타자 문이 닫힌다.

-신연오 진료소장님과 전이화 과장만 받는 걸로 알고 있어요. 경찰 조사에서 혐의를 인정한 사람들은 굳이 검찰조사를 받지 않는 것 같습니다.

-백합회에서는 지금까지 변호사를 선임하지 않은 거죠?

-네.

엘리베이터 문이 열릴 때까지 다시 침묵이 이어진다. 엘리베이터에서 내려 복도로 나서며 송 변호사가 말했다.

-썰렁하죠. 여긴 늘 이렇습니다.

다니는 사람이 거의 보이지 않는다.

송 변호사가 길게 늘어선 문 중 323호실이라는 표찰이 붙은 방문을 조심스레 노크한 후 문을 연다. 컴퓨터 모니터가 놓여 있는 책상이 먼저 보인다. 왼쪽 벽 쪽에 둘, 정면인 가운데 하나, 오른쪽 벽에 하나, 이렇게 디귿자 형태로 놓인 책상 앞에 저마다 한 사람씩 앉아 있다.

출입문 쪽에서 정면으로 보이는 책상에 앉은 남자의 얼굴이 모니터 뒤로 반쯤 보인다. 검은 테 안경을 쓰고 감색 패딩잠바를 입은 그가 고개를 들며 힐끗 보더니 곧 모니터로 시선을 옮긴다. 패딩잠바 오른쪽에는 회색 카디건을 입고 층을 낸 단발머리를 한 여자와 니트를 입은 남자가 무표정하게 앉아 있다. 누구도 반응을 보이지 않아 송 변호사와 연오가 잠시 그대로 서 있을 때, 왼쪽 벽 쪽에 앉아 있던 남자가 웃으며 일어난다. 키가 크고 마른 체형에 30대 후반 정도의 말끔한 인상이다. 흰색 와이셔츠는 구김 하나 없고, 두 팔에 낀 남색 토시는 의외로 정감 있어 보인다.

남색 토시의 남자는 신분증을 보이거나 자신을 소개하지는 않는다.

-송 변호사님 오랜만입니다. 이쪽으로 오시죠.

남자는 자신의 모니터 뒤에 놓여 있는 의자를 가리킨다. 송 변호사가 연오를 향해 나란히 놓인 두 개의 밤색계열 접이식 의자 중 하나를 손짓으로 권하며 대답한다.

-아, 예. 김 계장님.

김 계장이라 불린 남색토시의 남자가 송 변호사와 연오를 향해 묻는다.

우리가 사는 이곳이 눈 내리는 레일 위라면

-커피 한 잔 드릴까요? 아니면 물이라도…….

송 변호사가 연오를 바라보며 다시 묻는다.

-뭘 드릴까요?

공기가 건조해서인지 연오는 목이 마르다.

-물 좀 주세요.

-저는 커피요.

남색 토시의 남자는 정수기에서 생수를 받아 책상 위에 놓는다. 곧, 회색 카디건을 입은 여직원이 송 변호사 앞에 커피를 두고 간다.

-오늘 조사하는 동안 호칭을 진료소장님이라고 부르면 되겠습니까?

-네.

-그럼 시작합니다. 변호사 선임하신거구요?

-네.

-묵비권을 행사하실 건가요?

-아니요.

-경찰 재조사 요청을 한 후 4개월간 나오지 않은 이유는 무엇입니까?

-상급기관으로부터 재조사 철회를 종용받은 후, 변호사님과 상의하여 협조하기로 한 겁니다.

-그 사실을 경찰에 연락은 했습니까?

-상급기관에서 담당 경찰관에게 전달하겠다고 했고, 변호사님이 의견서를 제출했습니다.

-재조사 요청을 한 동기는 무엇입니까?

-이미 내부적으로 조사가 끝난 사건에 대해 경찰이 부른다고 하니까 그냥 상황을 진술하러 간 것인데 피의자가 된 거니까요. 저는 고발되지 않았어요.

-피의자라는 것을 모른 채 경찰에 나왔다는 거지요?

-경찰이 저에게 직접 연락한 것도 아니고요, 동료가 출석시간을 알려 줬어요.

-여기, 이렇게 직접 날인을 하지 않았습니까?

남색 토시의 남자는 경찰에서 넘긴 것으로 보이는 문서철 어느 부분을 펴서 연오에게 건넨다. 맨 위에 피의자 조서라고 적혀 있고, 말미에 연오의 서명과 붉은 날인이 보인다.

-제가 피의자 신분이라는 것을 알았다면 날인하지 않았을 거라는 정황은 충분히 있습니다.

-말씀해 보세요.

-저는 시조사계 조사에서도 혐의에 동의하지 않았기 때문에 끝까지 확인서에 서명하지 않았어요. 경찰 조사에서

는 제가 출석한 과정에 의문이 풀리지 않아서 몹시 긴장한 상태였어요. 그런 혼란스러운 상황에서 맨 윗부분을 확인하지 못한 채 도장을 건네게 됐어요. 날인의 의미는 제가 그 자리에 출석하여 진술했다는 확인 차원이지 혐의를 인정한다는 의미는 아니었어요.

-그런데 말이죠. 지급된 실습비는 환수했습니다. 그것은 혐의 인정 아닙니까?

-실습비가 아니라 실습지도비입니다.

-환수에 대한 사실을 인정하시죠?

-재조사 철회처럼 강요에 따른 어쩔 수 없는 상황에서 협조한 겁니다.

-혐의 인정이지요?

-아닙니다.

-환수, 그게 혐의 인정 아닌가요?

-아니구요. 저는 환수할 필요가 없다고 판단했지만, 환수하지 않으면 함께 연루된 사람들에게 피해가 갈 것처럼 압박했습니다.

남색 토시의 남자는 아무 말도 하지 않은 채 음, 하는 소리를 낸다.

-그런 정황 증거는 있습니까?

연오는 미리 인쇄해 온 증거자료를 책상 위에 올려놓는다. 통화내역과 문자 메시지 수신 내역, 시보건소의 통장 계좌번호, 안금련이 보낸 입금 시한 안내 등이다. 남색 토시의 남자는 그것을 보며 조서에 적기 시작한다.

-고충이 많았겠습니다. 그런데 결국 이런 상황이 된 이유는, 학생들에게 사용하거나 시금고에 입금해야 할 실습비를 개인계좌로 받아썼기 때문인 거지요?

-아니요. 개인역량으로 실습지도를 한 후, 그에 따른 실습지도비를 받은 거예요.

-다시 묻지요. 공무원이신데 시장이 주는 월급 이외에 돈을 받은 적이 있지요?

-실습지도를 하고 학생 한 명당 실습지도비로 4천 원을 받은 게 전부입니다.

-공무원이 시장이 주는 돈 이외의 돈을 받으면 신고해야 해요.

-실습지도를 하고 받은 금전의 액수는 신고대상이 아닌 걸로 압니다.

남색 토시의 남자는 타이핑을 계속한다. 타이핑 소리 외에는 실내에 침묵이 흐른다.

-저기 이거 한 번 읽어 보시죠. 송 변호사님 오늘 수고

우리가 사는 이곳이 눈 내리는 레일 위라면

많으시네요. 보통 10분 정도 앉아 있다가 가시는데…….

남색 토시의 남자가 작성한 조서를 건네며 웃는다.

연오는 조서를 받아 송 변호사와 함께 읽는다. 자리를 옮겨서 따로 조서를 읽어 보고 싶은데, 그런 요구를 할 분위기는 아니다. 마침 송 변호사가 고개를 끄덕이는 것을 보며, 연오는 그것을 남색 토시의 남자에게 건넨다.

-그러니까, 지나고 보니까 모두 회계처리를 했으면 하는 후회도 있으신 거죠?

다시 타이핑을 하는 남색 토시의 남자는 무심한 척 묻는다.

-저는 당시의 상황에서 최선을 다했고, 과거로 돌아간다고 해도 같은 상황이라면 그대로 할 수밖에 없을 것 같아요.

송 변호사가 남은 커피를 한 모금 마신다.

-최후 진술하세요. 좀 길어도 됩니다.

-앞서 진술했듯이 본건과 관련해 저는 주어진 상황에서 정당한 업무를 했습니다. 그리고 저에게는 남다른 고충이 있는데, 이 건을 적당히 넘길 수 없는 가장 중요한 이유입니다. 저는 자폐성 발달장애를 가진 딸을 키우고 있습니다. 법에 정해져 있는 장애학생에 대한 의무교육을 마칠

　　　9 한 건의 미학

수 있게 해 달라고 조직의 구성원이자 시민으로서 지방자
치단체장에게 청원한 바 있구요. 제집에서 아이를 등교시
킨 후, 출근시간 안에 근무지로 들어올 수 있는 유일한 곳
이 현재의 제 근무지입니다. 유감스럽게도 해긋시에는 학
생 실습지도 건과 마찬가지로 보건진료소장들에 대한 인
사지침 또한 없습니다. 그래서 처분 결과에 따라 저는 다
시 아이를 등교시키고 출근할 수 없는 곳으로 가게 될지
도 모릅니다. 이 사건은 불법의 문제에 앞서 조직 내부의
알력으로 촉발된 문제입니다. 그런데 유감스럽게도 이 건
으로 저와 제 아이가 치명상을 입지 않을까 염려됩니다.

  -이제 검사님 쪽으로 가세요.

  남색 토시의 남자가 건조한 목소리로 말한다. 연오는 의
자에서 일어나 남색 토시의 남자가 손으로 가리키는 철제
의자로 옮겨 앉는다. 컴퓨터 모니터가 놓인 책상을 사이
에 두고 자신과 마주 앉은 감색 패딩잠바의 남자가 검사라
는 것을 연오는 미리 눈치채지 못했다. 처음부터 검사라는
것을 의식하고 진술을 하는 것이 유리했을지, 그렇지 않은
것이 유리했을지는 알 수 없다.

  줄곧 타이핑을 하던 삼십 대 초반으로 보이는 감색 패딩
잠바의 남자가 연오를 찌르듯 노려보며 말한다.

우리가 사는 이곳이 눈 내리는 레일 위라면

-공무원이 돈을 받았으면 무조건 횡령이에요!

연오는 거칠게 말하는 감색 패딩잠바의 남자를 바라본다. 감색 패딩잠바의 남자는 매우 짜증스럽다는 듯 미간을 모은 채 다시 연오에게 말한다.

-공무원이 학생 실습비를 받았으면 당연히 학생들을 위해 써야지, 왜 공무원이 씁니까?

-직접 실습지도하고, 협약서에 실습지도비로 명시된 돈을 제 개인통장으로 받은 겁니다.

또 동어반복을 해야 하는 상황이다.

-실습비든 지도비든, 우리는 구분하지 않고 공무원이 돈을 받았다는 것으로 처분합니다!

-네?

연오는 마음을 다잡고 다시 말한다.

-실습지도비가 아니라 학생들에게 쓰여야 할 돈이었다면, 학생들이 실습을 나오기 전에 돈이 지급되었어야죠.

-그건 그 학교에 가서 말하세요. 공무원은 월급 이외의 돈을 받으면 안 되는 거, 몰라요?

-공무원 본연의 업무가 아니라 추가적 업무에 대한 수당입니다. 교사도 교생실습을 시키면 수당이나 인센티브가 있는 것으로 압니다. 그것도 업무상 횡령인가요?

-이보세요! 도둑은 많습니다. 잡힌 도둑만 죄인이라는 거, 몰라요?

-남의 눈을 피해 몰래 하는 것이 도둑질인데, 실습지도 하고 받은 돈이 도둑질이라구요?

-그게 아니면, 지금 여기까지 왜 왔습니까? 당신 같은 공무원들이 이러니까 배가 가라앉는 사고가 생기는 겁니다!

연오는 사무실 티브이 화면으로 처음부터 그 사건을 보았다. 그 후, 자신에게 일어난 일로 경황이 없을 때 활자나 화면으로 보고 있는 그 사건이 이런 잣대로 자신이 비유될 수 있다는 생각은 해 보지 않았다.

-학생 실습은 기본업무가 아니라 추가업무입니다. 상급기관의 독려하에 20년간 업무수행을 했는데…… 제가 학생 실습지도를 거부했어야 했나요?

감색 패딩잠바의 남자가 흘낏 송 변호사를 일별한 다음, 모니터로 시선을 옮기며 자판을 두드리며 말한다.

-억울한 거 있으면 변호사님이랑 상의해요!

연오는 고개를 돌려 송 변호사가 앉아 있는 쪽을 바라본다.

-지금 말고 나중에! 나중에 나가서 의논해요! 이 사건은 무조건 백합회와 보건진료소 구분 없이 한 건으로 처리될

거요.

감색 패딩잠바의 남자가 정리했다. 한 건!

-지금은 백합회 분들이 오히려 더 억울해요. 그분들은 백합회통장으로 돈이 들어와서 개인적으로는 써 보지도 못했지만, 보건진료소장들은 개인통장으로 돈을 받아서 착복한 거니까…….

남색 토시의 남자가 거든다.

-이제 끝났으니 나가요!

감색 패딩잠바의 남자가 말한다. 연오는 자신에게만 원죄가 있다고 주장하는 사람들에게 에워싸여 있는 것 같다. 환청이 들려온다. 나가 주세요! 이제 아이들 수업해야 해요. 어머니! 여긴 아이들을 위한 학교예요. 안 나가면 교권침해입니다! 연오는 눈을 감은 채 그대로 앉아 있다.

-가셔야지요.

송 변호사의 목소리에 눈을 뜬 연오는 천천히 일어나서 감색 패딩잠바의 남자를 향해 목례를 한다. 자신들의 책상 앞에서 어떤 소리도 내지 않고 앉아 있던 두 사람에게도 인사를 한다. 반응은 없다. 남색 토시의 남자는 다시 자리로 돌아가 타이핑을 한다. 연오는 마치 아무 말도 하면 안 되는 세계에서 혼자 말을 한 것 같다. 싸워 보지도 못하고 패잔병이 된 것 같다. 연오는 앞에, 송 변호사는 그 뒤에서 천천히 복도로 걸어 나온다.

-기소 쪽으로 갈 것 같네요.

엘리베이터 앞에서 송 변호사가 말한다.

-기소라면요?

연오는 충격에서 빠져나오지 못한 채 송 변호사를 마주 보며 무덤덤한 것처럼 묻는다.

-구분하지 않는다고 하는 거 보니까, 한 건으로 처리해 서…… 모두 기소된다고 생각하면 될 것 같습니다. 그쪽 은 당연히 기소일 테니까요.

-변호사님.

-말씀하세요.

-여긴, 늘 이런 식인가요?

-제가 말씀드릴 수 있는 것은, 이곳은 죄가 있다는 것을 입증하려는 분들이 계시는 곳이죠.

-저도 입증을 하길 바랐는데요. 그냥, 우기잖아요. 그러 면서…… 백합회 쪽은 억울할 거라고 변호해 주고…….

목이 잠긴 연오의 목소리가 부분부분 끊긴다.

-그래도 예우에서는 신경을 많이 쓴 겁니다.

연오는 입을 다문 채 시선을 돌려 커다란 통창으로 밖

우리가 사는 이곳이 눈 내리는 레일 위라면

을 바라본다. 멀리 부연 겨울 산이 보인다. 은서는 지금쯤 가족들이 모두 떠난 후 혼자가 된 노인처럼 거실에서 마당 쪽을 바라보고 있을 것이다. 스마트폰에 있는 경비시스템 앱으로 집안을 들여다볼 수는 있지만, 언제까지 이런 식으로 방어하며 살아 낼 수 있을지 막막하다. 연오는 앱을 작동시킬 기력조차도 없다.

-유감스러운 건, 검사가 아직 사건 내용도 파악하지 않은 것으로 보이긴 해요. 그래도 흥분하거나 감정을 가질 필요는 없습니다. 사실관계만 따지면 되니까요.

-네.

연오는 간신히 대답한다.

-먼저 가세요. 저는 일 좀 보고 가겠습니다.

엘리베이터가 도착해 문이 열리자 송 변호사가 목례를 하며 뒤로 물러선다.

연오는 주차장으로 향하며 꺼 놓았던 스마트폰을 켠다. 12시가 다 되었다. 누군가 연오를 찾거나 기억하거나 궁금해하는 흔적은 없다. 연오는 검찰청을 황급히 빠져나와 도로를 질주한다. 다리도 없이 맨몸뚱이로 구르는 것 같다.

10

처음 초대

성탄절 전날, 연오는 은서에게 점심을 차려 주기 위해 사무실을 나온다. 보통의 아이들이라면 방학 중에는 독서실이나 학원에 갈 것이다. 은서에게는 학교가 유일한 외출 장소다. 대문 안으로 들어서는데 우체통에 하얀 봉투 모서리가 삐죽 나와 있다. 연오의 짐작대로 검찰에서 온 것이다.

바람이 부는 겨울 들녘은 무심하다. 하얀 봉투를 개봉하는 연오의 손이 조금 떨린다. '업무상 횡령에 대한 기소유예처분'이라는 내용의 통지문을 든 채 연오는 담벼락에 기

우리가 사는 이곳이 눈 내리는 레일 위라면

대어 먼 산을 보며 심호흡을 한다. 자신이 생각하는 '나'와 세상이 보는 '나'는 다른가 보다. 연오는 스마트폰을 열어 '기소유예'를 검색한다.

기소유예란, 죄는 인정되지만 정상참작 사유가 있어서 '용서'해 준다는 뜻이다. 그것은 재판으로 다툴 기회를 생략한 채 검사가 내리는 유죄처분이다. '유예'란 검사가 공소시효 기간 안에는 언제든 다시 기소를 다시 할 수 있다는 것이고, 횡령의 경우, 공소시효는 10년이다. 기소유예처분에 대한 이의방식은 법원에서의 재판이 아니라 헌법재판소에 헌법소원심판을 청구해야 한다고 되어 있다. 그러니까 헌법소원심판을 청구하여 '인용결정'을 받지 못하면, 연오는 앞으로 이 조직에서 퇴직하는 날까지 기소가 유예된 자로 살아가야 한다는 의미다.

은서가 거실 유리문 앞에 서서 연오를 내다보고 있다.

-엄마, 다녀…… 오, 셨, 어, 요?

연오는 집 안으로 들어가서 은서를 껴안는다.

-그래. 밥 먹자.

장조림을 데워 김과 김치로 반찬을 차리고 밥을 식탁에 올린다.

은서에게 장조림을 가늘게 찢어서 건네고 있을 때, 안

금련의 이름이 연오의 스마트폰 액정에 뜬다. 연오는 물을 마신 후, 목을 가다듬으며 마당으로 나와 전화를 받는다.

-여보세요.

-아, 신연오 소장님!

-무슨 일이신가요?

-……결과가 나온 거 아시죠? 만나야 할 것 같아요.

-만나면요?

경찰서 조사를 받기 전에는, 왜 다 같이 모여서 대책을 세우지 않았던 것일까. 아니, 그들끼리는 만났을 것이다. 백합회 회원들은 이 사건이 검찰로 넘어간 후, 오히려 시청 조사계 직원들과 밥도 먹고, 술도 마시고, 그 윗선까지 만났다고 한다. 연오에게 이런 소식을 이따금 알려 주는 직원들은 대체로 백합회 회원들과 경쟁관계에 있는 사람들이다.

-만나서 대책을 세워야죠.

조사계에서는 검사가 내린 기소유예처분을 근거로 징계를 서두를 것이다. 징계를 막기 위해서는 징계위원회가 열리기 전에 헌법재판소로부터 헌법소원심판청구에 대한 '인용결정'을 받아야 한다. 그건 연오에 해당되는 일이고, 기소유예처분을 받을 때까지 아무런 소통도 하지 않던 백

우리가 사는 이곳이 눈 내리는 레일 위라면

합회가 이제 와서 무슨 대책을 함께 세운다는 것인지 모르겠다.

-저기요. 대책이 필요하다면, 저를 만나자고 할 것이 아니라 지금에라도 변호사를 선임하는 게 어떠세요?

-오늘 나오시는 걸로 알게요.

동문서답! 알아들어도 못 알아들은 척, 이건 유능한 구성원이 되기 위한 필수덕목인 것 같다. 아는 대로 다 말하는 것은 결격자다.

퇴근 후, 한정식 식당 구석진 방이다. 명란젓갈과 메밀부침, 산나물무침, 김구이, 콩비지찌개, 조기구이 등 밑반찬이 놓인 상을 가운데 두고 전이화 보건과장과 안금련 진료계장이 나란히 앉아 있다. 맞은편에 구애신이 앉아 있다가 방으로 들어서는 연오를 흘낏 쳐다본다. 전이화는 해당화회 해체를 할 때 먼발치에서 본 게 가장 최근인데, 횡령혐의로 범죄자가 되어서야 마주 앉게 되었다.

연오는 구애신의 옆자리로 가서 앉는다. 곧, 전이화가 근엄한 표정을 지으며 무슨 말인가를 하려고 할 때, 방문이 열린다. 노미경이 고개를 숙인 채 들어와서 문 앞 상모서리 쪽에 앉는다. 전이화는 잠시 노미경을 쳐다보다가 자세를 고쳐 앉으며 말한다.

-자, 이제 대충 다 온 거 같으니까 내 말 잘 들어! 지금, 가장 필요한 자세는 겸손과 배려야. 우리는 하나라는 사실을 잊지 말아야 해…….

보건진료소장들과 백합회가 비로소 '우리'가 되는 순간이다.

…….자기만 생각하면 다 죽는다구. 혼자서는 별별 짓을 다 해 봐도 안 된다는 것을 이제는 알았을 거야. 물론 지금 모두 억울한 입장이라는 건 알아. 보건진료소장들은 백합회 회원이 아니라는 이유로 특히 그런 생각을 하는 것 같은데, 언론이나 외부에서 보는 시선은 달라. 보건진료소장들은 돈을 개인통장으로 직접 받아서 혼자 썼잖아.

대책을 위해 모인 것이 아니라 '개인통장으로 직접 돈을 받아 혼자 쓴' 보건진료소장들의 죄가 더 크다는 것을 주장하기 위한 자리인 것 같다.

-혼자 쓰지 않았어요. 학생들이랑 점심 한 번 먹어도 모자랄 액수여서 오히려 제 돈을 더 보태서 먹었어요.

노미경이 울먹이며 투정 부리듯 말한다.

-누구나 할 말은 있어. 난 내가 회장인지도 몰랐고, 백합회통장으로 돈이 들어오는지도 몰랐어. 너희들 알다시피 이번에 명퇴하고 나간 S가 해당화회, 백합회 다 만들었잖

우리가 사는 이곳이 눈 내리는 레일 위라면

아. 나는 모르는 일인데 내가 무슨 죄를 지었다고 이렇게 총대를 메야 하는 건지, 어이가 없어.

연오는 여직원회인 해당화회의 비상총회에 보건소장 S 대신 참석했던 전이화를 떠올린다. '오늘의 이 모욕은 반드시 문제를 일으킨 사람들에게로 되돌아갈 겁니다! 후배들이 지켜보는 가운데 그동안 조직을 위해 고생한 선배들을 치면, 후배들은 본 대로 여러분들에게 할 겁니다!' 그렇게 말했던 전이화를 보건소장 S와 구분하여 단순한 회원으로 보기에는 어렵다. 연오가 묻는다.

-백합회 회장으로 선출되고 나서 통장 명의변경은 하신 거죠?

-내 말, 끝까지 들어 봐. 어느 날 총무가 명의변경 한다고 신분증을 달라고는 했어. 그런데 그 통장으로 실습지도비가 들어온다는 사실은 몰랐지. 그냥 백합회 회비 입출금 통장으로만 안 거야.

-백합회는 연말에 회비결산을 안 하나요? 총회 때 결산을 했다면, 실습지도비가 들어온다는 사실은 알았을 텐데요?

전이화가 연오를 바라보지 않은 채 시선을 허공에 두고 되묻듯 한다.

-돈 문제는 총무가 하지 회장이 하나?

의도적인지 몰라도 백합회 총무를 했다는 사람들은 대책을 세운다는 이 자리에 오지 않았다. 종업원들이 노크를 한 후, 밥을 들여오기 시작한다. 연오는 열린 문 쪽을 보다가 멈칫한다. 조사계 배제유 계장이 헛기침을 하며 들어와 노미경 옆에 앉는다.

-일단 밥부터 먹고, 구체적인 이야기는 이따 합시다.

메뉴는 돌솥밥과 된장찌개다. '우리'는 천천히, 어색한 분위기에서 밥을 먹기 시작한다. 구운 생선은 구애신의 젓가락이나 갈 뿐, 누구도 손을 대지 않는다. 구애신은 머리와 지느러미를 차례로 뜯은 후, 살점을 노련하게 발라내어 양념간장에 찍어 먹는다.

-어두일미라는데, 이거 먹지?

구애신이 연오를 바라보며 방금 발라낸 생선의 머리를 젓가락으로 툭 친다. 연오는 반응하지 않는다.

-우편으로 개별통지 다 받았지요?

연오를 흘끔 곁눈질하는 배제유는 마치 학생들을 인솔하는 체육교사 같다.

-다들 잘 알겠지만, 공무원들에게 중요한 것은 형사법이 아니라 행정법입니다. 이미 내려진 기소유예는 어쩔 수 없

고…… 내가 이 자리에서 꼭 하고 싶은 말은 무조건 징계가 떨어질 때까지 아무 짓도 하면 안 된다는 거. 누구에게도 말하지 말고 가만히 있어야 해요.

-언론에 혼자 근무하는 간호사들이 횡령을 했다고 이미 보도되었는데, 그래도 가만히 있어야 하나요?

연오가 묻자 전이화가 입을 다문 채 연오를 노려본다.

-내가 한 가지 충고할까? 사람은 자기 능력을 과신하면, 위험해지는 법이야.

능력을 과신하는 게 아니라 혼자이기 때문에 자기 길을 갈 수밖에 없다.

-조사계장님만 믿겠습니다. 도와주세요.

구애신이 눈치를 보며 얼른 끼어들어 대화의 방향을 바꾼다.

-견책 정도로 나오게 애써 볼 테니까 너무 걱정들 하지 않아도 돼요. 견책! 공무원 생활하면서 그 정도쯤의 징계가 없는 사람은 거의 없거든요.

그것은, 조직으로부터 보호를 받는 공무원들에게나 해당하는 말이다. 그런 경우에는 상급자들이 나서서 소명을 위한 조력자 역할을 하고, 조직 내부에서도 고문변호사의 도움을 받게 한다.

-또, 이건 처음 하는 얘긴데, 저 말입니다. 아주 오래전, 건설과에 있을 때 도로공사 업자들한테 돈 받아서 직원들과 거하게 마셨거든요. 그걸 뇌물이라고 해서 검찰조사를 받았어요. 그리고 견책을 받았는데…… 나, 끄떡없이 잘 살고 있잖아요. 무슨 말인지 알겠지요?

배제유의 말이 사실이라면, 백합회 회원들도 실습지도비를 혼자 쓰지 않았기 때문에 지금 비호를 받고 있는 것 같다.

-조사계장님. 견책을 받도록 애써 보신다고 하시니까 한 가지만 물어 볼게요.

배제유의 표정이 굳어지며 연오를 바라본다.

-모두가 알다시피 시조사계에서 자체조사를 하고도 징계를 못했어요. 같은 건을 사법적 판단을 근거로 다시 징계할 수 있나요?

배제유는 대답하지 않고 눈동자를 빠르게 움직인다.

-품위손상을 했잖아요!

안금련이다.

-네? 학생 실습지도를 한 게 품위손상이라구요?

노미경이 화들짝 놀라며 되묻는다.

-아, 그건 말이야. 공무원이 조사받으러 검찰에 들락거

렸으면 품위손상이라더라. 검찰에 간 건 보건진료소장들 중에는 딱 한 사람이니까, 그 사람이 책임지면 되는 거고, 나머지는 해당사항 없어!

구애신이 여유롭게 설명한 후, 킥킥 웃는다. 배제유의 눈동자가 안정을 찾으며 안도하는 기색을 보인다.

-저는 이제 어떻게 해요?

구애신의 말이 통하지 않았는지 검찰조사는 받지도 않은 노미경이 겁에 질려 눈물을 떨군다. 스스로 주류의식이 강한 노미경은 대표가 된 연오의 존재를 거부하는 것을 시작으로 일관되게 독자행동을 했다.

보수교육을 갔을 때 백승이와 함께 하며 주고받은 말들이 생각난다.

-노미경이 몇 년 전에 고교평준화 반대하는 서명 받으러 다닌 거 모르죠? 걔가 동문회 쪽에 무슨 간부를 하는 걸 보면 출신학교에 대한 자부심이 대단한 것 같아요. 그런 학교에 선배가 딸내미 보낸다고 특수반 설치를 요구했으니…….

-고교평준화가 몇 년 먼저 됐는데 평준화와 나를 왜 연결하니?

-그게 그거니까요.

-아니, 이미 평준화가 된 공립고등학교에 장애학생을 위한 특수반 설치를 요구한 걸 왜 적으로 여기냐구.

　-해굿시에서 나름 공부 좀 한다는 학생들만 다니는 학교에 장애학생을 보내려고 하니까…… 같은 대학을 나오고, 20년 이상 함께 근무했어도 선배에 대해서는 뼛속 깊이 선을 긋는 거죠. 심하게 말하면, 노미경은 선배를 적으로 보고 있어요. 그렇다고 구애신을 믿는 건 아니고, 걔 입장에서는 선배를 제거해 줄 만한 사람이 구애신밖에 없으니까 같이 다니는 거죠. 보건소장 X가 둘을 챙기기도 했구요.

　-공부 좀 하는 아이들이 장애학생을 품어 주면 안 되나?

　-그건 동화책에나 나오는 얘기구요. 그러니까 구애신이 했던 것처럼, 평소에도 의견을 묻거나 정보를 주지 말고, 제발 그냥 확 밀어붙이라구요! 그러면서 권력을 가진 윗사람들과는 최대한 친분이 있는 것처럼 과시하고 보여 줘야 해요! 그 사람들이 구애신을 의식해 당장 받아 주지 않는다고 해도 계속 다가가고, 선물도 하면서…… 자존심이고 뭐고 그런 거 개나 줘 버려요. 그러면 노미경 같은 부류도 선배를 함부로 하지는 못해요. 아시겠죠?

　-너는 구애신이 성공했다고 생각하니?

　-성공하지는 못해도 구애신을 죽이려고 하는 사람은 없

잖아요? 거기에 대한 대가로 구애신은 선배를 제물로 바치려고 하고 있으니까, 품지 못하겠으면 확실하게 싸우세요. 저도 좀 편하게 살게…… 선배는 뭘 복잡하게 생각하는 게 문제예요.

배제유가 연오를 바라보며 노미경의 질문에 대답한다.

-누가 징계를 한다고 했습니까? 할 수도 있고 안 할 수도 있어. 그러니까 아무 짓도 하지 말고 조용히 있으라고 했잖아요. 시장님께 부담을 주면 안 돼요. 소송이니 뭐니 하면 또 언론에서 달려들 거니까, 시장님이 정치적으로 해결할 때까지 조용히 있으라고요.

언론에 먼저 제보한 쪽이 누구였는지 물으려다가 연오는 다른 질문을 한다.

-오늘 여기서 공동대책이 마련되면, 개인적으로 방어할 필요는 없지 않을까요?

-대책회의, 지금 하고 있잖아.

전이화가 특유의 낮은 목소리로, 그러나 단호하게 말을 한다.

-좋은 소식이 올 때까지 조용히 한다는 것, 무조건 가만히 있어야 한다는 것, 잊지 마!

식당 주차장에는 차가운 겨울바람이 매섭게 분다. 구애

135

신이 전이화의 팔을 잡고 매달리듯 종종걸음을 치며 나간다. 연오는 자신의 길을 가야 할 것 같다. 이제 보건진료소장들은 본소 백합회 문제의 파장을 줄이기 위한 '희생양'이 아니라 '주범'으로 전락해 가고 있다. 그래도 보건진료소장 누구도 이의를 말할 것 같지는 않다.

-오늘 해굣투데이 지면에 기사 또 났어요. 집에 가서 검색해 보세요.

안금련이 남의 일 말하듯 한다.

집으로 온 연오는 노트북을 켠다. '실습비 횡령사건'이라는 검색어를 넣자 기사가 나온다.

수십 년째 이어졌던 '국민 돈 가로채기 사건'을 수사했던 검찰에 따르면, 이 사건에 가담한 해굣시보건소 내 사조직 '백합회'(간호사 모임) 회장인 이 모 과장 등 여성 공무원 12명은 기소유예 처분을 받았고, 사건발생 후 퇴직한 백합회 간부들은 무혐의 처분을 받았다. 검찰 수사 종결에 앞서 이 사건을 수사한 경찰 관계자는 '공금횡령은 맞지만 소액이고 반성하고 있는 점 등을 감안해 기소유예 결정이 날 것으로 안다'고 말했다. 이들은 대학 간호학과 학생들의 임상실습비 2000여만 원을 가로채 사조직 운영자금과 개인적으로 유용해 오다 시청 감사과 조

우리가 사는 이곳이 눈 내리는 레일 위라면

사로 실체가 드러났다. 시는 검찰청으로부터 이들 공무원에 대한 범죄사실 통보서를 받고 난 뒤 징계 여부와 수위를 결정할 방침이다.

연오는 기사를 출력한다. 그리고 분홍색 형광펜으로 '공금횡령은 맞지만 소액이고 반성하고 있는 점 등을 감안해 기소유예 결정이 날 것으로 안다'와' 시청 감사과 조사로 실체가 드러났다'에 색칠한다.

색칠된 부분은, 검사가 처분을 내리기 전에 경찰이 처분 결과를 이미 알았다는 것과, 이 사건의 실체가 시청 감사과 조사에서 드러났다는 것을 인정하는 부분이다. 실체를 밝혔으나 징계를 하지 않자 사법기관으로 넘어가서 그곳에서 한 건으로 묶여 처분이 내려졌다. 그 이유에 대해 누구도 묻지도, 대답하지도 않고 있다.

10 처음초대

11

조직의
고아들

긴 밤을 보낸 후, 연오는 은서를 학교에 데려다주고 사무실로 출근한다. 컴퓨터가 부팅되는 동안 연오는 인스턴트커피 한 봉지를 개봉한다. 뜨거운 물이 커피 알갱이와 설탕과 프림 사이에 스미며 한 잔의 향 좋은 커피가 만들어진다. 이 시간은 직업을 가진 여자로서의 불안한 자부심의 시간이다.

하얀 가운을 입고, 찾아오는 마을 사람들에게 필요한 의료서비스를 대부분 무료로 해 주고, 매주 금요일 오후에는 전자문서로 환자보고를 하고, 다시 매월 말일에는 의료보

우리가 사는 이곳이 눈 내리는 레일 위라면

험청구를 하여 시금고로 들어가게 하는 직장. 공무원이라는 이유만으로 마치 맡겨 둔 돈이라도 있는 것처럼 달려드는 사람들도 있는 시대지만, 그래도 결정적인 순간에는 바로 그 사람들로부터 무시당하지 않을 수 있는 신분. 족쇄이자 자부심이기도 하며, 안정인 동시에 불안이기도 하다.

연오는 출장신청서를 작성하여 결재요청을 했다가 다시 회수한다. 송 변호사를 만나러 가는 것이 업무상 출장인지, 개인용무인지 갑자기 헷갈린다. 그것을 가벼운 대화하듯 의논하거나 지시해 줄 수 있는 조력자가 곁에 없다. 연오는 시보건소 행정계에 전화를 한다.

-네.

이름을 밝히지 않는 직원의 대답이다. 시보건소 전화는 발신지 표시가 되는 전화이므로 어디서 걸려 온 전화인지 그쪽에서는 알 수도 있다. 잠시 침묵이 흐른다.

-동산보건진료소, 신연옵니다. 다름이 아니고…….

전화가 끊긴다.

연오는 다시 전화를 한다. 신호음은 가는데 전화를 받지 않는다. 공공기관인데 근무시간에 전화를 받지 않는다는 건 수긍하기 어려운 일이다. 연오는 외출신청서를 올리고 결재를 기다린다. 조사를 받으러 다니는 동안에도 연오는 그들과 달리 개인휴무를 썼다. 개인휴무를 쓴다는 것은 연말에 지급되는 연가보상비가 줄어든다는 뜻이다.

결재가 되지 않고 〈보류〉 단계에 머물러 있다. 그냥 나가면 근무지이탈로 징계의 사유가 될 수 있다. 연오는 직접 가는 것을 포기하고 대신 송 변호사 사무실에 전화한다. 송 변호사는 재판이 있어 법원에 갔다고 한다. 잠시 후, 송 변호사로부터 헌법소원심판 청구를 준비하고 있다는 메시지가 스마트폰 액정에 뜬다. 곧이어 컴퓨터에서 메일이 도착했다는 알림음이 울린다. 실습 관련자 모두를 수신자로 한 조사계 배제유의 메일이다.

새해 복 많이 받으시고, 올 한 해는 좋은 일만 가득하길 바랍니다. 다름이 아니고 검찰로부터 범죄확인서가 통보되었으므로 부득이 징계위원회에 징계의결을 요구하게 되었습니다. 따라서 징계대상자들은 징계에 필요한 각자의 범죄조서와 범죄 관련 증빙자료 일체를 검찰청 민원실에서 받아 오셔야 합니다. 개인정보이므로 저희가 대행할 수 없는 점, 양해 바라며 제출기한이 7일 이내임을 양지하시고, 기일 엄수 바랍니다.

연오는 혼란스럽기만 하다. 정상적인 반론을 펴지도 못했는데 어떻게 범죄확인서가 만들어져서 법원자료실에 있

　　　　　우리가 사는 이곳이 눈 내리는 레일 위라면

다는 것인지, 혐의를 인정하지 않은 당사자에게 징계에 필요한 범죄확인서를 제 발로 가서 찾아오라고 요구할 수 있는 것인지……. 그들은 오직 직진만 하겠다는 것 같다.

연오가 기일 내 자료제출을 하지 않자 배제유가 전화로 독촉을 한다.

-왜 제가 인정하지도 않은 혐의를 담은 자료제출을 해야 하는 거죠?

-징계를 요청하기 위해서는 상세내용이 필요합니다.

징계위원회란 징계를 할 수도 있지만 소명을 듣는 자리이기도 한데 그는 징계만 목적으로 하고 있다.

-조사계에서 무혐의로 결론 난 사건을 사법의 도움으로 징계한다면 그건 일사부재리의 원칙에 어긋나는 거죠.

-기소유예처분이라는 사법적 판단을 근거로 내부징계를 하는 것은 우리의 의무입니다. 그것을 하지 않으면 오히려 직무유기지요.

-저는 혐의를 인정한 적이 없고, 한 건에 묶여 강제로 유죄처분을 받았어요.

-그것 보세요. 그러니까 유죄가 인정된 겁니다.

동문서답을 하는 배제유 또한 유능한 공무원의 기본소

양을 갖췄다.

-끝까지 들으세요! 저는 검사의 처분에 대해 헌법재판소에 헌법소원심판 청구를 했고, 결과를 기다리는 중입니다.

-다른 분들은 모두 제출했어요.

-그게 기준이 될 수는 없어요.

-그 점은 양해를 구하지요. 저희가 직접 검찰로부터 받아 보려고 했으나 개인정보라서 본인 이외에는 되지 않는다고 해요. 그러니까 신분증을 제출하시고 자료를 받아서 속히 제출해 주세요.

연오는 무리하게 진행되어 온 이 과정에 더는 협조할 수 없다. 협조한 모든 사항이 오히려 혐의를 인정하는 정황으로 이용되었기 때문이다.

-협조해야 할 근거를 명시한 공문을 보내 주세요.

-한 가지만 말씀드리죠. 억울하시다는 것 모르지 않아요. 요즘 높은 사람들, 부하직원들을 생각하지 않고 오로지 자기밖에 몰라요. 그러나 언론에만 알려지지 않았다면, 이렇게 확대되지 않았을 겁니다.

-보도된 뉴스 측에 상세자료를 건넨 것은 저희가 아니라 조사계 아닌가요?

-그건 문제 되지 않아요. 언론에서 냄새를 맡고 자료를

요구하면 줘야 합니다.

-개인정보가 있는 비공개 내부 공문서를요?

-아무튼, 미제출에 대한 책임은 본인에게 있다는 말씀, 미리 드리지요. 모레까지 시간 드릴게요. 아, 그리고 다시 말하지만 신연오 씨, 혼자만 아직 제출하지 않았어요.

연오는 캐비닛을 열고 분홍색 보자기 매듭을 푼다. 맨 앞 장 목록은 다음과 같다.

-검찰 고발 전 (시 조사계 자체 조사)

1. 조사계에서 대학 측에 보낸 최초의 공문(조사를 앞두고 실습 지도비 지급 명목을 묻는 공문)
2. 조사계에 제출한 임의진술서(1차 겸직금지의무 위반 소명서, 2차 협약에 따른 위탁금 임의 사용에 대한 소명서)
3. 임의진술서와 함께 제출했던 협약서
4. 간호학생들과 함께 했던 실습일지
5. 학생들의 출석부
6. 학생들의 지역사회진단에 대한 CASE STUDY
7. 학생들과 점심식사를 하고 지출했던 식당 영수증(업무일지에 붙여 놓았던 것)
8. 조사계의 간호학생임상실습비 횡령사건에 대한 개선조치 요구서(자체 조사종료 후 시보건소를 향한)

9. 시 조사계의 임상실습학생 실습 건에 대한 개선조치안

-검찰 고발 후

1. 서기관인 X 보건소장을 포함한 그 즈음의 국장급 인사발령
   사항
2. 검찰조사까지의 기록
3. 시보건소 차원의 실습지도비 강제환수 정황자료
4. 언론 기사

이 모든 자료는 그동안 아무 소용이 없었다. 그들의 솜씨가 정교하거나 완벽했다면 연오는 오히려 두렵지 않았을 것이다. 그들의 솜씨는 허점이 많았지만, 그럼에도 상황은 이 자료들을 휴지 조각으로 만들어 가고 있다.

문서도착 알림음이 울린다. '징계혐의자 출석통지서 교부요청'라는 제목의 문서다. 시조사계가 도청에 징계를 요구하며 작성한 징계사유서의 내용은 다음과 같다.

혐의자는 간호학과 학생들의 임상실습비로 지급되는 실습비에 대하여 기관 간 협약 체결에 따라 학생 실습이 이루어졌

다고는 하나, 공공기관에서 공용물품을 이용하여 실습이 이루어졌고, 학교가 실습기관 측에 학생 실습에 소요되는 경비로 지급(부담)한 수입금은 공금이므로, 세입 조치 후 관련 경비로 세출예산 편성하여 사용하거나 해긋시 재무회계규칙 제82조 규정에 따른 위탁금으로 관리하는 등 예산집행 및 절차에 따라 집행하여야 한다. 그럼에도 혐의자는 본인의 농협 계좌로 2008년 4월부터 2014년 4월까지 도합 7회에 걸쳐 840,000원을 실습지도비 명목으로 입금받아 임의로 소비한 것이다.

혐의자의 이러한 소행은 공무원으로서 지켜야 할 『지방공무원법』 제48조(성실의 의무)에 위반되고, 같은 법 제69조 제1항의 징계사유에 해당되어 『지방공무원 징계 및 소청 규정』 제2조 제1항 및 『지방공무원 징계양정에 관한 규칙』 제7조 규정에 의하여 징계의결 요구합니다.

연오는 송 변호사에게 전화를 한다. 연오 하나 잘못되게 하는 건 그들에게 아무 문제가 되지 않으므로, 아니, 그들에게는 실적이 되고, 성과를 내는 일이므로 제대로 대응해야 한다. 이를 위해서는 우선 시조사계가 조사과정에서 대학교 측과 주고받은 일체의 공문서와 자료가 필요하다.

송 변호사는 정보공개청구는 간단하니 직접 해 보라고 한다. 연오는 출장이 아닌 조퇴를 하고 시청으로 간다. 공무원이면서도 공무원을 상대로 시청 민원실에 가서 정보

145   11 조직의 고아들

공개청구서를 접수해야 한다. 보건진료소장들이 1차는 시청으로부터, 2차는 시보건소로부터 버림받았다는 말이 떠도는데, 그 말이 맞다. 민원실 직원은 담당부서인 조사계 결재를 받은 후 문서를 공개할 수 있으며, 결재완료가 될 때까지는 두어 시간이 걸릴 것 같다고 한다.

연오는 시청을 나와 조사계가 제출을 요구한 진술조서와 심문조서, 그리고 일체의 관련 문서를 확인하기 위해 법원으로 향한다. 물론 시조사계에 제출하지는 않을 것이다. 법원 민원실에 도착해 문서열람 신청서를 제출하자 직원은 별관 2층의 '형사단독 2'로 가라고 한다. 법복을 입은 판사로 짐작되는 사람들이 두어 명 오가는 것이 눈에 띄었을 뿐 복도는 조용하다. '형사단독 2'라는 표찰이 붙은 문을 열자 눈을 마주친 남자가 어떻게 왔냐고 물으며 책상에서 일어난다.

-조서를 열람하려구요.

연오는 신청서를 보이며 조심스럽게 대답한다.

-이쪽입니다.

그는 조서가 진열된 쪽으로 연오를 안내하고 다른 한쪽에 있는 방으로 들어갔다가 나온다. 곧 재판이 있는지 법복으로 갈아입은 모습이다.

-본인과 관련된 부분만 열람할 수 있습니다.

-네.

남자는 서둘러 방을 나간다.

연오는 진열된 서류철 속에서 해당 조서를 찾아내 훑어본다. 남자가 본인과 관련된 부분만 열람할 수 있다고 말하긴 했지만, 조서는 한 건으로 묶여 있어서 다른 관련자들 범죄 내역도 볼 수 있다. 관련자 중에는 이 사건 외에도 다른 사건으로 기소유예처분을 받은 사람이 몇 명 있다는 것을 새롭게 알게 되었다. 연오는 자신과 관련된 부분만 복사한 후 법원을 나와 다시 시청 민원실로 향한다. 정보공개를 요청한 문서가 결재 완료되었을 시간이다.

연오는 공개가 결정된 문서를 받아 들고 먼저 대학 측이 시조사계로 회신한 문서를 찾아본다. 학생 실습지도비의 성격에 대한 시조사계의 질의에 답한 회신문서이다. 짐작한 대로 대학 측은 '학생 실습에 필요한 경비의 목적'이라고 회신하였고, 조사계가 작성한 징계의결요구서에는 '학생 실습에 소요되는 경비'라고 변경하여 작성되어 있다. 이는 조사계가 공문내용을 오역했거나, 마치 '학생 실습에 필요한 소모성 비품 경비'로 지급된 돈을 보건진료소장들이 착복한 것과 같은 뉘앙스를 주기 위해, 의도적으로 작성된 문구로 보인다.

연오는 다시 사무실로 돌아와서 소명서와 증빙자료를 정리한 다음 서둘러 인쇄소에 들러 서류의 제본을 요청한다. 권당 15,000원, 이십 부 제본.

인쇄소를 나오는데 백승이로부터 전화가 온다.

-어디세요?

-일이 좀 있어서…… 사무실 밖이야.

-모르고 있을 것 같아서 알려 주는 거예요. 노미경이 동산으로 근무지 재배치를 시켜 달라고 보건소장을 찾아갔대요.

-노미경은 지금 근무하는 자리도 괜찮고, 오지에 한 번도 안 갔잖아?

-핑계는 있어요. 조사받느라 힘들었기 때문에 기분전환을 해야 한대요.

-기분전환?

-누가 그렇게 말해야 한다고 시켰겠죠.

-시킨다고 그렇게 하냐?

-자기는 누구 못지않게 세력도 있다고 생각하는데 백합회 때문에 억울하게 엮였다고 징징대면서 동산으로 가겠다고 하나 봐요. 그것까지도 누가 시켜서 하는 쇼인지는

잘 모르겠구요.

　-넌 어떻게 알았어?

　-고등학교는 서로 달라도, 우린 여기서 학교 다녔으니까, 친구 관계도 서로 겹쳐요. 제가 노미경에게 전화해서 확인도 했어요.

　-둘이 통화를 한 거야?

　-제 입장에서도 두고 볼 수만은 없는 문제잖아요? 선호지역은 세 곳인데 보나 마나 선배는 절대 안 떠나려고 할 거고, 나머지 두 곳에 구애신과 노미경이 가면 저는 어떻게 되냐구요? 다시 말하지만, 괜히 어설프게 관계개선 하려고 해 봐야 안 되구요. 잔인하게! 냉정하게! 아시죠?

12

귀한 인연

1월의 끝자락, 소명자료는 라면박스 한 개 분량이다. 혼자 운반하기에는 무리다.

연오는 자꾸만 그대로 주저앉고 싶어진다. 은서를 깨우고 밥을 먹이고 씻기고 교복을 입혀 등교시키며 평소대로 일상을 이어가긴 하지만 연오는 점점 의욕을 잃어간다. 기댈 수 있는 사람이 곁에 있다면, 연오는 그가 누구이든 붙잡고 그냥 이대로 주저앉고 싶다.

연오는 소명자료를 차에 싣고 인쇄소를 출발해 사무실로 향한다. 유경조 교수에게서 전화가 온다.

-교수님, 변호사까지 선임했는데 소용이 없나 봐요.

-그건 아니에요. 그렇게 하지 않았다면, 무슨 일이 일어났을지…… 신연오 진료소장님은 모르잖아요?

-그렇긴 해요.

-그러니까 끝까지 하던 대로…… 잘해야 해요.

따로 소명자료를 제출하려고 준비했다는 연오의 말에 유경조 교수는 사람을 보내겠다고 한다.

연오가 사무실에 도착한 지 십여 분, 검정색 승용차가 주차장으로 들어온다. 연오는 밖으로 나간다. 차문을 닫고 연오를 향해 걸어오고 있는 사람은, 유인국이다. 긴 세월이 흘렀지만, 그의 큰 키를, 그의 미간에 잡히는 주름을, 날카로우나 그 날카로움이 타인을 향한 것이 아닌 눈빛을, 연오는 기억한다. 사무실 앞에 무성하게 자라고 있는 측백나무 옆에서 유인국이 걸음을 멈춘다.

-안녕하세요? 오랜만이지요?

-네. 안녕하세요?

-유경조 교수님이 제 사촌 누납니다.

-아, 네.

사무실 너머에서 출렁이는 파도소리가 크게 들려온다.

-해풍과 햇볕 영향인가요? 이렇게 탐스럽게 자란 측백

12 귀한 인연

나무는 처음 봅니다.

측백나무 위로 겨울 햇살이 가득 내려와 있다.

-겨울에 눈이 많이 오면 좀 부러지기도 하지만, 봄에 가지치기해 주면 다시 이렇게 잘 자랐어요.

-그렇죠. 부러지는 겨울도 있으면 재생되는 봄도 있으니까요.

연오는 유인국의 그 말이 자신을 위해 해 주는 말이라 생각하기로 한다. 이런 말을 주고받으며 살고 싶다. 가까우면 이런 말을 주고받을 수 없는 사이가 되는 것일까. 만남에는 헤어짐이 따르고, 사랑이 사랑만으로 완성되지 않는 풍화작용을 겪듯이 불가능 속에서도 신의와 배려를 추구하는 삶은 없는 것일까.

-차 한 잔 드릴까요?

-아닙니다. 사실은 올 초에 해굿으로 왔어요. 그동안 여기저기 인사 다니고 사람들 만나느라 오늘에야 누나에게 전화를 하게 됐어요. 누나가 해굿에서 오래 강단에 섰잖아요? 누나가 반가워하면서 바로 부탁을 했어요. 누나에게서 연오 씨 이름을 들었을 때, 그때 그분인가 하면서도 아니길 바라는 마음도 있었어요.

-네. 또 이렇게 됐어요.

유인국과의 인연에서 두 번째 치부다.

-무슨 말로 어떤 위로를 해야 할지 모르겠군요. 마음 아
픈 자녀까지 있다고 들었는데, 잘 이겨 내시라는 말밖에
할 수가 없어서 죄송합니다.

-부러지는 겨울도 있고, 재생되는 봄도 있다고 하셨잖아
요?

연오가 웃으며 대답한다. 유인국도 엷은 미소를 띤다.

-그렇군요. 그래도 횡령죄는 공소시효가 십 년인데, 아
직 공직생활이 많이 남은 분한테 이런 해코지를 하면 안
되는 거죠. 자료를 제게 주세요.

-괜히 바쁘실텐데…….

-아닙니다. 더 도와드리지 못해서 제가 미안하지요.

연오는 가운 주머니에서 자동차 열쇠를 꺼내 차 트렁크
를 연다. 유인국이 다가와 상자를 자신의 차에 옮겨 싣는
다. 연오는 그 모습을 가만히 지켜보며 지금, 이 순간의 따
뜻함으로 한동안 또 버텨 내고 싶다는 생각을 한다.

-잘 전달될 거니까 염려 마시고 열심히 소명하세요. 급
한 일 있으면 여기로 연락 주시구요.

유인국은 연오에게 명함을 건네주고 바로 차에 오른다.
그는 간호학생 실습사건을 취재했던 지역방송국의 지국

장으로 부임해 왔다. 연오는 유인국을 또다시 이런 식으로 만나는 것이 서글프다.

연오가 유인국을 알게 된 것은 1987년이었다. 그해 3월, 간호대학을 졸업한 전국의 예비 보건진료소장들이 신촌에 있는 의과대학에 모였다. 연오는 학교 근처에서 하숙을 했다. 한 달에 국가로부터 받는 돈은 17만4천 원이었고, 그중 15만 원을 하숙비로 냈다. 돈이 부족했기 때문에 학교와 하숙집만 오갈 뿐, 다른 누구를 만나거나 외출을 하지는 않았다.

어느 일요일 점심 무렵, 주말에는 밥을 주지 않기로 한 하숙집 주인이 연오의 방문을 노크했다. 남학생 한 명과 연오, 그리고 초등학교 5학년인 하숙집 딸과 하숙집 주인, 이렇게 넷이 둘러앉아 밥을 먹게 되었다. 하숙집 딸이 티브이를 보며 말했다.

-엄마. 쟤, 정말 죽이지?

김완선이 〈삐에로는 우릴 보고 있지〉라는 노래를 부르며 춤을 추고 있었다.

-쟤, 살찔까 봐 밥은 안 먹고 크래커만 먹는대.

연오는 서울에서 일어나는 일을 잘 이해할 수 없었다.

크래커만 먹고 어떻게 춤을 출 수 있다는 건지, 한참 나이가 위인 가수를 향해 쟤, 라고 하는 어린아이가 연오를 어떻게 생각하고 있을지, 강남 고속버스터미널에서 본 고층 아파트에 사는 사람들은 빨래를 햇볕이 있는 마당에 널지 않고 어떻게 말려 입는다는 건지, 부러울 것 없이 보이는 신촌의 대학생들은 왜 대자보를 붙이는지, 의대 강의실 문틈으로 들어오는 최루가스는 무슨 의미인지, 학교 교문 앞에는 왜 경찰들이 자주 보이고, 학생들은 왜 그들과 대치하는지…….

연오는 대학진학을 가로막는 부모로부터 이기적인 자식이라는 소리를 들어 가며 간호전문대라도 간 것에 대해 어쩔 수 없는 죄책감이 있었다. 그런 연오의 눈에 비친 서울 사람들은 각자 다른 모습대로 모두가 권리를 가진 것처럼 보였다. 그래서 신촌은, 졸업 후 6개월간 교육을 받고 다시 무의촌으로 가야 하는 스물셋 나이의 국비장학생에게는 신세계였다. 자신과는 상관없는 그 세계에서 연오는 주눅이 든 채 한시적으로 머물다 떠날 존재였다.

저녁 무렵, 집주인이 문을 두드렸다.

-학생은 괜찮어?

-뭐가요?

-간호학과라고 했지? 혹시 약이 없나?

-무슨 약이요?

-인국이 학생이 두드러기가 났어. 녹두전에 넣은 돼지고기 분쇄육이 좀 오래되긴 했는데…… 그래도 왜 인국이 학생 혼자만 그런지 몰라.

연오는 근처 약국으로 가서 항히스타민제 앰플 한 개와 주사기 한 개를 샀다. 집주인과 함께 인국의 방으로 들어갔다. 인국은 누워 있다가 일어나 앉았다. 인국의 방에는 전공서로 보이는 경영학 서적 외에도 문학 관련 책들이 쌓여 있었다. 마루에 있는 재봉틀 위에는 하숙생들이 둔 책이 흩어져 있곤 했는데 하숙생들끼리 서로 말없이 교환했다. 연오는 평소 책은 견뎌 내야 하는 존재에게는 최고의 친구라고 생각했다. 그래서 말 없고, 양미간을 모은 채, 날카로우나 타인을 향한 것이 아닌 인국의 눈빛은 아마도 무엇인가 견뎌 내야 하는 것이 있기 때문일 거라는 생각이 들었다.

-더 번지기 전에 주사 한 대 맞아. 연오 학생이 간호학과인 거 알지?

집주인이 말했다. 두드러기는 인국의 팔과 목에 보였고, 얼굴 위로도 올라가고 있었다.

-주사를 맞으려면 엎드려야지!

인국은 다시 누우며 엎드린 채 바지를 조금 내렸다. 연오는 근육주사를 놓고 알콜 스펀지로 눌렀다. 인국은 뒤로 손을 뻗었고, 연오는 스펀지에서 손을 뗐다.

-좋긴 좋네. 편하게 살려면 집안에 병원에 있는 사람과 경찰서에 있는 사람은 한 명씩 있어야 한다더니…….

집주인은 걱정을 던 얼굴로 연오를 바라보며 흡족한 표정으로 말했다.

다음날 아침에 연오가 방을 나서자 인국이 재봉틀 옆에 서 있었다.

-저 어때요? 다 나았죠?

인국이 환한 표정으로 얼굴을 약간 내밀어 보이며 말끔해진 팔을 보여 주었다. 연오가 웃었다.

-오늘 학생회관 식당에서 만나요. 제가 점심 살게요.

연오는 읽고 있던 책에 대해 이야기를 나눌 수도 있을 것 같다는 생각을 했다.

-여기 오기 전에 선우학사에 있었어요?

-선우학사요?

연오가 되묻자 인국이 말했다.

-우리학교 간호학과 기숙사요.

157

연오는 아, 네, 하며 대답을 얼버무렸다.

연오는 점심시간에 학생회관 식당에 가지 않았다. 그리고 학교에서 돌아오는 대로 짐을 꾸려서 하숙집을 나왔다.

차창 너머로 산안개가 자욱하다. 나뭇가지는 희끗희끗 눈이 덮인 것 같은데, 그것은 얼음꽃이다. 환절기 몸살을 앓는 사람처럼 입이 마르고 기운이 없다. 고개를 돌려 눈을 감자, 예기치 못한 눈물이 흘러내린다.

직행버스 옆자리에는 대학생으로 보이는 여자아이가 이어폰을 낀 채 스마트폰을 들여다보고 있다. 그 정도의 나이였다. 보건소 앰뷸런스 뒷자리에 앉아 먼지가 이는 비포장길을 달려 산 너머 작은 마을에 도착했다. 이미 그때부터 죄수로서의 삶이 시작되었는지도 모른다. 가는 내내 앰뷸런스 기사는 옆자리에 앉은 행정계장과 함께 보건진료소장들의 개인사에 대해 농담을 섞어 말하며 혀를 차고 웃었다. 젊은 여자가 '혼자' 외진 마을에서 근무하며 겪게 되는 개인사였다. 그들의 말을 요약하면, 울타리도 없이 홀로 선 자의 삶은 두 가지뿐이었다. 잡아먹히거나 떠나는 것. 연오는 둘 다 부당하게 생각했고, 그런 상황을 만날 때마다 부당하다는 표현을 하곤 했다.

해굿에서 출발한 지 두 시간이 조금 지난 뒤에 연오는 도청에 도착한다.

-혼자시네요.

2층 복도가 다소 어두컴컴해서 연오는 목소리의 주인공을 금방 알아보지 못한다. 양손을 바지 주머니에 넣고 복도 벽에 비스듬히 기댄 듯한 배제유의 모습은 경찰 조사를 처음 받으러 갔을 때 복도에 서 있던 남자의 모습을 떠올리게 한다. 정중하지도 않고, 다른 여지도 전혀 허용하지 않겠다는 표정과 몸짓.

-저쪽으로 들어가시면 됩니다.

연오는 대기실 창 쪽으로 다가간다. 법원 문서에서 본 시보건소 관련자 중 현직에 있는 사람들이 처음으로 한자리에 다 모인 셈인데, 전이화는 보이지 않는다. 의자에 앉아 이야기를 나누고 있는 관련자들의 표정과 차림은 날아갈 듯 가벼워 보인다. 대부분 간단한 소지품이나 넣었을 미니백을 든 그들은 그냥 계모임에 나온 사람들 같다. 반면, 연오의 모습은 우스꽝스러울 만큼 비장하다. 구애신은 그런 연오를 아래위로 훑으며 입꼬리와 눈빛으로 비웃는다. 연오는 의자 위에 소명서와 텀블러가 든 백팩을 내려놓는다.

-왜 늦으신 거예요?

구애신의 옆에 앉아 있던 노미경이 당돌한 표정으로 묻는다.

-내가 늦었니?

-10시까지야.

구애신이 근엄하게 노미경을 거든다.

-인사위원회는 10시 30분이잖아? 아직 10시 21분이야.

-10시까지 오라고 한 메일 못 받았어요?

노미경이 다시 질책하듯 언성을 높인다. 백합회 관련자들이 일제히 연오를 바라본다. 구애신과 노미경은 백합회원들 앞에서 의도적으로 연오에게 함부로 하는 모습을 보이고 싶은 것 같다.

-받았어.

-열 시가 한참 넘어도 안 오시니까 정말 불안했거든요.

-우리는 각자 소명해 왔고, 오늘도 이렇게 따로 왔는데 뭐가 불안했다는 거지?

-선배는 우리가 저분들 심기를 건드리면 더 결과가 나빠질 수도 있다고 생각하지 않으세요?

-그래서 동료들과는 철저히 거리를 두고 다른 사람들을

우리가 사는 이곳이 눈 내리는 레일 위라면

만나고 다니는 거니? 또 그랬으면 지금 불안할 것도 없을 텐데 왜 그래?

연오는 노미경을 바라보며 낙담하는 표정을 짓는다.

-아, 결과는 이미 나왔는데 나빠지고 말고 할 것도 없어. 어차피 한 건이니까 늦게 온 신연오가 대표로 소명하면 되잖아. 신연오가 무죄면 우리도 무죄지. 제유 씨! 그런 거죠?

구애신은 백합회 화원들을 흘끔흘끔 쳐다보며 허공을 향해 목소리를 높인다. 복도에 서 있던 배제유가 대기실 안으로 들어온다.

-시장님께서 아침에 특별히 인사위원회에 전화하셨고, 부시장님은 탄원서까지 써 주셔서 제가 조금 전에 제출했어요. 모두가 염려하고 도와주시려고 하니까 오늘은 무조건 결과를 받아들이겠다는 태도를 보이셔야 합니다. 여기서 괜히 따지고 들면 모두가 불리해지니까, 자기만 생각해서는 안 된다는 것을 다시 한번 말씀드립니다.

몇 명이 연오를 다시 힐끗거리고, 배제유도 굳이 연오를 향한 시선을 감추지 않는다.

-그래도 어떻게 힘 좀 써 봐. 제유 씨! 어떻게 아무것도 아닌 일을 여기까지 오게 했냔 말이야?

배제유의 태도에 용기를 얻은 구애신이 대담하게 나간다.

-검찰 처분이 그렇게 나왔으니 어쩔 수 없어요. 저도 검사님께 따로 말씀드려 봤지만, 오히려 야단만 맞았습니다.

자체조사에서 백합회에 대한 혐의를 찾고도 징계를 하지 못했던 배제유는 이제 검찰이 보건진료소장들을 백합회와 한 건으로 묶어 준 처분에 기대어 곧 깔끔하게 징계를 할 수 있게 되었다고 생각하는 것 같다.

-그러니까 검찰조사를 받은 사람이 똑바로 했어야지. 결과가 안 좋으면 딱, 그 한 사람 탓이야!

노미경에 이어 구애신이 다시 연오를 겨냥한다. 마치 모두 들어 보라는 듯 목소리를 높이자 배제유가 오히려 당황한 표정을 짓는다.

-이제는 다 소용없는 얘깁니다.

연오가 자리에서 일어나 가방을 들고 다른 탁자로 옮겨가 앉자 배제유가 다가와 마주 앉는다.

-특별히 부탁드립니다. 무조건 공손하게 받아들이세요. 검사님께서 결정한 일을 우리가 어떻게 하겠어요?

연오는 입을 다문 채 배제유를 바라보다가 천천히 대답한다.

-각자 자신을 위해 최선을 다하고 있는 것으로 이해하고

있어요.

연오는 간신히 무엇인가를 억누르고 있다.

-자료제출 때부터 포스가 다르시더군요. 어떻게 운반한 거죠?

유인국이 차에 실어 간 소명자료가 어떤 과정을 거쳐서 도청 총무과에 전달되었는지는 연오도 알 수 없다. 연오는 대답 대신 보온병을 입에 대고 물을 한 모금 마신다. 답을 듣고자 하는 질문은 아닌 듯하다. 배제유가 다시 말을 잇는다.

-신연오 씨. 이것만은 아셔야 합니다. 그래도 백합회와 한 건으로 묶인 덕분에 그 정도 처분을 받는 겁니다.

연오는 끝까지 자신을 의식하는 배제유를 말없이 바라본다.

검정색 바지에 짧은 카키색 트렌치코트를 세련되게 입은 남자가 손에 작은 노트를 들고 들어온다. 연오는 그의 옷차림을 보며 곧 봄인가 보다, 라고 생각한다. 봄도 있는데 연오는 언제부터인가 겨울만 사는 것 같다.

-백합회 분들 먼저 오십시오.

목에 건 명찰에 총무과 소속이라고 적혀 있는 트렌치코트의 남자가 노트를 보며 말한다.

-오전 중에 모두 끝나지요?

구애신이 천연덕스럽게 묻는다.

-아마 그럴 겁니다.

트렌치코트의 남자가 대답하자 구애신이 연오를 보며 말한다.

-위원님들 식사시간 늦으면 더 화낼 수 있으니까 짧게, 확실하게 끝내자. 응? 아유 내 정신 좀 봐. 내가 경찰 조사 받으러 갔을 때는 음료수를 사 들고 갔었는데, 오늘은 깜박했네.

구애신이 문을 밀고 나가는 사람들의 뒷모습을 바라보며 너스레를 떤다.

-조사를 받으러 가면서 음료수를 사 갔다구요? 저는 울기만 했는데…… 대단하시네요.

노미경이다.

-음료수 갖다주면서 내가 알고 지내는 경찰들 안부도 물었지.

구애신은 음료수를 사 들고 조사를 받으러 갔다고 스스로 말했다. 사실이라면, 자기방식을 실행하는 구애신은 노미경 말대로 정말 대단한 재주를 가졌다. 그 방법이 거절당하지 않는 것도 능력이다.

회의실로 들어갔던 구애신이 잠시 후 알 수 없는 미소를 지으며 나온다. 다음은 연오의 차례다. 연오는 소명자료 한 부를 가방에서 꺼내 따로 들고 안으로 들어간다.

-마이크 앞에 앉으시면 됩니다.

총무과 직원이 문 앞에서 자리를 안내한다.

-네.

위원장과 연오가 마주 보게 되어 있고, 양옆으로 위원들이 나란히 앉아 있다. 위원들의 책상 위에는 연오의 것으로 보이는 두툼한 자료가 놓여 있다. 창가에 따로 책상을 놓고 앉은 사람은 기록자인 것 같다. 연오는 소명자료를 책상 위에 올려놓고 자리에 앉는다.

-소속과 이름을 말하세요.

위원장이 연오를 향해 말한다. 위원들의 시선이 연오에게로 모인다. 위원장의 뿔테안경이 두드러져 보인다.

-저는 해굿시청 보건행정과 소속 신연옵니다.

-앞 사람들이 다 한 얘기니까 본인이 꼭 하고 싶은 말만 해요.

연오가 소속과 이름을 밝히자 위원장이 건조한 어조로 말한다.

-먼저, 제 자료에 대해 말씀드립니다. 이 건에 대한 조사가 시작된 시점부터 최근까지의 상황을 기록한 것이며, 기록과 관련된 증빙자료는 뒤쪽에 따로 첨부하였습니다. 이것은 본질을 벗어난 조사 방향에 대한 불가피한 방어권 차원에서 작성된 것이었음을 밝힙니다. 저는 소속된 기관으로부터 징계위원회에 회부될 만한 위법한 행위를 하지 않았습니다. 왜냐하면, '그렇게 해야 함에도 그렇게 하지 않았다거나, 그렇게 하면 안 된다고 명시된 일을 위반했을 때를 위법 또는 위반'이라고 할 수 있을 것입니다. 그러나 이 건은 '그렇게 하면 안 된다'거나 '꼭 이렇게 해야 한다'라는 규정이나 명시적 지시가 당시에도 없었고, 현재까지도 없습니다…….

연오는 잠시 목이 메며 목소리가 나오지 않는다.

지난 4월부터 해가 바뀐 지금까지 시 조사계 조사-경찰 조사실 조사-검찰 조사실 조사에 이어 도징계위원회로 이어지는 이 순간까지, 연오는 송 변호사 외에는 누구에게도 이런 사정을 다 말할 곳이 없었다. 시민이자 공무원인 한 개인이 소속된 곳으로부터 기본권을 위협받을 때, 도움을 요청할 수 있는 곳이 더 있는지 알 수 없다.

연오는 자신을 쳐다보고 있는 위원들을 보며 마음을 추

우리가 사는 이곳이 눈 내리는 레일 위라면

스른다. 결과를 떠나서, 연오의 말을 들을 수밖에 없는 위원들에게 말해야 한다.

……그와 관련하여 저는 이번 징계 시도에 앞서 도 차원에서 도내 간호학생 실습 실태조사를 하여 바람직한 방향을 제시해 주길 바랐습니다. 도내 일부 타 시군에서도 해긋시와 유사한 형태로 간호학생 실습이 이루어지는 것으로 알고 있습니다. 20여 년간 협약 형식으로 행해지던 일이며, 상급부서에서 협조하라고 독려했던 일입니다. 이런 사안에 대해 징계를 한다고 하는 것은 처벌의 목적 이외에는 아무것도 아닙니다. 본인은 본건과 관련하여 검사가 내린 유죄처분에 이의가 있으며, 현재 헌법재판소에 헌법소원심판청구를 하고 결과를 기다리는 중이라는 말씀을 드립니다. 이상입니다.

-나가 보세요.

위원장이 짧게 말한다. 연오는 천천히 일어나 목례를 한다.

대기실로 나오자 모두 연오를 쳐다본다. 조금 전에는 보이지 않았던 전이화가 창가에 서 있다가 연오에게 다가온다. 별도로 위원들을 만났을 것 같은 느낌이 든다.

-내가 밥 살게. 밥 먹고 가자.

식당으로 가는 동안, 전이화가 연오의 팔짱을 끼고 걷는다. 연오는 그의 손을 떼어 내지도 못하고 엉거주춤 붙들려서 걷는다. 구애신과 노미경은 멀찌감치 거리를 두고 뒤따라온다.

-처음 밝히는 거지만, 나 이로여고 졸업했어. 우린 아주 귀한 인연이지.

연오는 그동안 아무런 교류도 없었는데 하필, 오늘, 여기서 같은 고등학교를 나왔다고 하는 전이화가 불길하다.

-그동안 말하지 못한 건, 신연오가 조직 전체와 싸우는 바람에 곁에 아무도 없는 사람이 되어 버렸잖아? 그런 분위기에서 내가 선배라고 하며 차마 나설 수가 없었어. 내가 나서면 오히려 더 힘들어질 테니까.

-과장님이 나서면 제가 왜 더 힘들어져요?

-편드는 사람이 있다는 걸 알면 신연오를 더 괴롭힐 수도 있지.

-제가 조직 전체와 싸우던가요?

-아무튼, 이제부터 선배인 내가 신연오의 기댈 언덕이 되어 줄 거니까 아무도 없다는 생각은 하지 마.

-징계위원회가 열렸으면 이제 다 끝난 거 아닌가요?

-끝나긴 끝났지.

전이화가 발걸음을 멈춘 곳은, 도청 앞길 건너편에 있

우리가 사는 이곳이 눈 내리는 레일 위라면

는 된장찌개 백반집이다. 예약을 미리 해 둔 듯 밑반찬이 차려져 있다. 구애신은 음식이 날라져 오자 전이화 쪽으로 샐러드와 갈치조림 접시를 당겨 놓는다. 그리고 곧 탐나는 물건을 보듯 어깨를 앞으로 약간 굽히고 상 위의 몇몇 접시에 시선을 맞춘다. 빠르게 눈동자를 굴리며 음식을 전이화의 앞접시로 나르는 손가락의 움직임이 결연하다.

연오는 푸른 정맥을 찾아내어 한 손은 혈관을 누르고, 다른 한 손은 주머니에 있는 토니켓을 꺼내는 장면을 상상한다. 팔꿈치 안쪽 조금 아랫부분이 노란 토니켓에 묶인다. 팽팽하게 묶인 토니켓 아래의 푸른 혈관 한 곳에 주삿바늘이 들어간다. 곧 붉은 피가 주사기 윗부분의 투명한 관에 맺히는 순간, 딱, 하는 소리를 내며 토니켓이 풀린다. 모든 것이 이완된 상태에서 거꾸로 매달린 수액세트를 통해 수액이 방울방울 떨어지는 것으로 작업은 마무리된다.

처음은 불안하지만 반복되면 능숙해지고, 능숙해지면 불안이 지워진다. 생존의 무기가 된 불법이 누구에게는 충성이고 상납이지만, 누구에게는 의료법 위반이다. 그 기준은 팔을 맡긴 주인공이 누구냐에 따라 다른 것이고, 비밀스러울수록 견고하다. 경혜의 충고처럼 '위에 신경 쓰고' 살아야 했는지도 모른다.

-저는 먼저 가볼게요. 배제유 계장이 고속도로 휴게소에서 기다린대요.

노미경이 가방을 들고 일어난다. 전이화는 고개만 끄덕인다. 연오는 배제유가 왜 노미경을 따로 불러 만나는 것인지 알 수 없다. 노미경이 나가는 것을 보며 연오는 화장실로 간다. 손을 씻고 있을 때, 전이화가 들어온다.

-우리가 정말 복이 많은 거야. 그치?

-복이요?

-곧 알게 돼. 노미경이 먼저 간 건 그냥 응석을 부린다고 보면 돼. 올 때처럼 그렇게 혼자 다니지 말고 갈 때는 나랑 같이 가.

연오는 전이화와 함께 화장실을 나온다. 다른 사람들이 밖에서 기다리며 화장실에서 나오는 둘을 바라본다. 연오는 자신을 바라보는 그들의 표정을 본다. 그 표정에 연오를 향한 전이화의 행동에 대한 답이 있을 것이다. 그들은 상사의 모든 몸짓을 읽어 낼 줄 아는 탁월한 능력을 지니고 있다. 그 능력이 그들의 우열을 정한다. 연오는 답을 찾기 위해 그들을 관찰한다. 그들의 표정에 동요의 기미는 보이지 않는다. 그것은 전이화가 연오에게 하는 지금의 행동이 그들의 자리에 전혀 위협이 되지 않는다는, 일시적

연출이라는 의미다.

　연오는 버스터미널로 가는 대신 전이화의 손에 이끌려 다시 도청 주차장으로 간다. 안금련이 자신의 차를 대기시켜 놓고 있다. 전이화와 연오가 나란히 뒷자리에 앉는다. 안금련은 뒤쪽에 앉은 연오를 돌아보며 부드럽게 미소를 지어 보인다. 차가 도청 앞길로 접어들자 식당 주차장에서 혼자 우왕좌왕하고 있는 구애신이 보인다. 빈자리가 남았지만 전이화와 안금련은 구애신을 부르지 않는다. 두 사람은 마치 아무것도 보지 않은 것처럼, 반응을 보이지 않는다. 연오는 앉으면 안 될 자리에 앉았다는 생각이 든다.

13

다른 바다

    2월의 마지막 날인데 징계위원회 의결 결과가 나오지 않고 있다. 서늘한 정적 속에 어느 한순간, 연오는 공중에서 밧줄이 내려와 목을 조이는 것 같은 환영에 갇힌다. 위원회 개최 후 일주일 안에는 결과통보가 있어야 하는데, 또 무슨 일이 벌어지고 있는 건지 알 수가 없다.

    연오를 향해 '조직 전체와 싸웠다'고 하며 이제는 '기댈 언덕'이 되어 주겠다던 전이화도 연오의 전화를 받지 않는다. 이메일도 열어 보지 않는다. 행정계에서는 시보건소 간부들이 늘 회의가 있어서 자리에 없다고 한다. 그들이 이대로 조직을 안정시켜 업무에만 집중할 수 있게 한다면 상관이 없겠지만, 그들은 여기서 멈추지 않을 것 같다. 이 고요는 다른 진행을 위한 폭풍전야일 것이다. 연오는 도청 총무과에 전화를 걸어 징계의결 결과를 알고 싶다고 말한다. 담당자는 위원회 개최 다음 날 이미 결과를 해긋시로 통보했다고 답한다.

　새 학기가 시작되어 이제 은서는 고3이다. 등교차량으로 붐벼야 할 시간인데 학교 앞이 조용하다. 연오는 차를 교문 앞에 세워 놓고 담임에게 전화를 한다. 담임은 전화를 받지 않는다. 문자 메시지를 보내자 답이 온다.

　〈오늘은 개교기념일이어서 임시 휴교입니다.〉

　은서는 언어전달 능력이 거의 없는 중증 발달장애인이다. 정해진 장소에서 규칙에 따라 수업을 하고, 시험도 보고 성적도 나온다. 그러나 늘 누군가의 도움이 없으면 그 일상을 유지하지 못한다. 그런데 특수교사도, 담임도, 특수보조원도 문자 메시지로든 무엇으로든 그 간단한 일정조차 알려 주지 않았다. 어쩌면 별일이 아닐 수도 있겠지만, 연오는 닫힌 교문이 연오 모녀를 향한 것만 같다. 천여 명의 전교생 중에서 은서 혼자만 몰랐을 테니까. 연오는 징계위원회에 다녀온 이후 더욱 자신의 주변이 차단되고 있다는 느낌을 받는다.

연오는 차를 돌려 시보건소로 향한다. 그래도 내일이면 은서는 학교에 갈 수 있고, 연오도 출근을 할 수 있으니까 다행이라고 생각한다. 아직은 멈추지 말고 살던 대로 살아봐야 한다. 연오는 시보건소 주차장에 차를 세운 후 뒷자리에 앉아 있는 은서에게 말한다.

-은서야.

-네.

-엄마가 금방, 아주 금방 갔다 올게. 조금만 기다려.

은서는 웃어 보이며 한 손을 흔든다.

-금방 올게. 알았지?

차창 유리를 조금 내려놓고 차에서 내린 연오는 차문을 잠근 후 은서를 향해 손을 흔든다. 은서는 연오를 그냥 바라본다. 연오는 뒤돌아서서 시보건소 본관으로 향하며 애써 불안을 떨쳐 낸다.

창가에 기대어 서서 커피를 마시고 있는 전이화가 여유로워 보인다. 창을 통해 비치는 아침 햇살이 전쟁을 승리로 이끈 자를 향한 은총처럼 사무실 바닥에 골고루 뿌려진

우리가 사는 이곳이 눈 내리는 레일 위라면

다. 안온한 평화의 땅이다. 회색 모직 스커트에 병아리색 니트 카디건 차림으로 쟁반을 들고 서 있는 안금련도 전이화 앞에서 다소곳해 보인다.

-어서 와.

전이화의 얼굴에 경계와 당혹감이 스친다.

-어쩐 일이세요? 이렇게 일찍 여기로……?

안금련이 친절과 경계의 눈빛을 함께 담아 연오의 앞을 가로막아 선다. 두 사람의 지나치게 방어적인 태도가 연오를 서글프게 하면서도 마음을 다지게 한다.

-보건과장님 좀…….

-나였어?

전이화가 창가에서 물러나 연오를 향해 다가온다. 그녀의 얼굴에 차가운 냉소가 날카롭게 번진다.

-무슨 일 있어?

-징계심의 결과가 왜 안 올까요?

-아, 그거? 난 또 뭐라고. 곧 오겠지. 안 오면 더 좋은 거 아니야?

-왜 안 오면 더 좋은가요? 위원회 출석한 지 일주일 내로 결과를 통보하게 되어 있어요.

-징계 안 받으면 좋잖아?

175

-징계를 안 하겠다는 결과를 받아야 좋죠. 과장님은 결과를 아시는 것 같은데 저는 모르고 있으니까요.

-도에서 안 보내고 있나?

-그럴 리가요. 업무수행 중인 공무원에게 출석 요구까지 했으면, 당연히 그 결과를 통보해 줘야죠.

-신연오! 그거, 꼭 있어야 돼?

-있어야 하는 게 아니라 당연히 주는 거라구요.

전이화의 눈빛에 아주 잠깐 경련이 인다.

-그렇지. 그게 그렇긴 한데, 요즘 다들 일이 많아서 바쁜가?

-과장님. 그건 중요한 업무 중에 하나예요.

전이화가 안금련에게 눈짓을 한다. 동시에 연오에게 말한다.

-그러지 말고 잠깐 이쪽으로 와.

전이화는 유리문을 열고 보건소장실로 연오를 안내한다. 보건소장실은 보건소장 S가 나간 후 아직 공석이어서 비어 있다. 전이화는 연오에게 출입문을 등지고 앉는 쪽 의자를 손짓으로 권하며 자신은 출입문 쪽을 보고 앉는다. 안금련이 쟁반을 들고 들어와서 오미자차를 응접탁자 위에 놓고 나간다.

우리가 사는 이곳이 눈 내리는 레일 위라면

-혹시 하성제라고 알아?

누군가 문밖에 왔는지 재빨리 손을 들어 물러나라는 손짓을 하며 전이화가 먼저 선수를 친다.

-하성제가 입사 초기에 노조에서 일 좀 했는데, 거기가 너무 형편없어서 나왔대. 노조만 아니었으면 애초에 이 사건을 조사할 필요가 없었다더라. 노조를 상대로 무고죄로 걸어 넣을 생각 없어? 신연오, 너 조합원이잖아? 화나지 않아? 그것들을 명예훼손으로 걸어 넣을 수 있어. 또 민사로 가도 되거든! 손해배상 같은 거 말이야.

-과장님은 제가 조직 전체와 싸웠다고 하셨어요. 제가 노조와 싸우게 되면, 과장님이 기댈 언덕이 되어 주실 건가요?

전이화가 상의 주머니에서 스마트폰을 꺼낸다.

-잠깐만, 통화 좀 할게.

쉼 없이 불안하게 움직이는 전이화의 눈동자가 향하고 있는 곳이 어디인지 연오는 알 것 같다. 그녀의 입은 거짓이지만, 눈빛은 진실을 감추지 못한다. 전이화는 잠시 '우리'가 되어 한 건에 묶었던 희생양을 자신의 손에 피 안 묻히고 떼어 내기 위해 밀어 내는 중이다.

-과장님! 노조가 저를 고발한 것도 아닌데, 제게 왜 노조

를 상대로 소송을 하라고 하나요? 그게 말이 된다고 생각
하세요?

그녀가 스마트폰을 주머니에 다시 넣으며 큰 소리로 웃
기 시작한다. 서늘한 웃음소리다.

-하성제 아이가 장애인 거 알지?

-저는 그 사람이 누군지 모르지만, 지금 아이 얘길 왜 하
세요?

-하긴 신연오는 아는 사람이 별로 없지? 알았으니까 이
만 가 봐. 우리의 존재이유는 대민봉사야!

연오는 전이화에게 목례를 하고 나온다. 주차장으로 나
오는 중에 스마트폰 벨이 울린다. 조사계 배제유다. 징계
위원회 결과가 지금 막 도착했으니까 조사계로 와서 문서
를 가져가라고 한다. 시보건소에서 누군가 바로 조사계로
연락한 것 같다.

연오는 시청 주차장에 주차한 후, 뒷자리에 앉아 있는
은서에게 같은 말을 또 반복한다.

-엄마가 금방 갔다 올게. 조금만 기다려.

은서도 웃어 보이고, 손을 흔드는 동작을 반복한다.

배제유의 책상 위에 사각 행정 봉투가 놓여 있고, 겉면

우리가 사는 이곳이 눈 내리는 레일 위라면

에는 연오의 이름이 적혀 있다. 연오는 봉투를 들고 잠시 둘러본다. 설전이 오갔던 이 자리, 그들의 집념, 불안한 눈빛 뒤에 담긴 적의……. 할 수 있는 한 모든 행정력을 동원했던 그들은 문서를 책상 위에 둔 채 황급히 도망이라도 간 것일까. 조사계에는 배제유 뿐 아니라 다른 어떤 사람도 보이지 않는다. 연오는 소중한 보물처럼 사각봉투를 가슴에 안고 로비로 나온다.

유경조 교수와 마지막으로 만났던 죽도 해변의 파도는 높다. 넘실거리다 스러지는 하얀 포말 위로 바람이 분다. 스산한 모래 위에 갈매기 떼가 흩어져 있다. 연오는 해변 주차장에 차를 세운다.

-이제 내리자. 바다 보자.

은서는 고개를 가로젓는다.

-화장실 가야지.

-화장실!

은서는 화장실을 다녀와서 다시 차를 손짓한다. 연오는 은서의 손을 꼭 잡고 바다 저만큼 있는 하얀 등대를 바라본다. 홀로 서 있는 등대, 평생 차단되어 사람들과의 추억을 만들 수 없는 인생은 저 등대와 같다.

-은서야. 우리 등대 보러 갈까? 저기, 등대가 있네.

은서는 연오를 빤히 바라보기만 한다.

-은서야, 우리 노래 부르자. 등대지기!

-네.

연오는 은서의 두 손을 맞잡고 서서 노래를 부르기 시작
한다.

얼어붙은 달그림자 물결 위에 차고
한겨울의 거센 파도 모으는 작은 섬
생각하라 저 등대를 지키는 사람의
거룩하고 아름다운 사랑의 마음을

은서는 연오의 입 모양에 시선을 고정한 채 아주 작게
따라 부른다.

-가자! 등대!

연오는 은서의 손을 잡고 바닷바람에 뺨을 맡긴 채 등대
를 향해 걷는다.

-엄마랑 은서랑 등대에 왔네. 우리 이제 여기 앉자.

연오는 등대에 등을 기대어 앉으며 은서의 손을 끈다.
은서는 연오와 어깨를 나란히 하고 앉는다. 은서의 어깨에
서 따스한 온기가 전해진다. 바람에 날리는 은서의 머릿결

내음. 부드러운 숨결, 생긋한 웃음. 연오는 모든 것이 지금, 이 순간만큼일 수만 있다면 좋겠다고 생각한다.

문득 상념에서 깨어나 연오는 봉투를 열어 서류를 펼쳐 본다. 〈징계심의결과 알림〉이라는 제목의 문서이다. 명시된 사건 관련자는 총 열세 명, 백합회가 여섯 명, 보건진료소장 여섯 명, 기타 한 명이다. 실제로는 백합회 관련자가 더 많다. 시 조사계 조사를 받으러 다니는 동안 마주쳤던 두 명의 계장이 경찰 조사 단계에서 누락되었다. 그 이유는 단지 짐작할 뿐이며, 안다고 해도 누구도 쉽게 말하지 않는다.

징계위원회는 검찰의 처분에 대해 〈불문〉, 일괄 한 건으로 처리했다. 중징계요구대상자와 경징요구계대상자, 기소유예처분이 이미 있는 자들과 처음인 자, 소명한 자와 소명하지 않은 자, 백합회원인 자와 아닌 자를 구분하지 않았다.

연오는 마른침을 삼키며 고개를 든다. 방향도, 깊이도, 넓이도 알 수 없는 밤바다를 항해한 시간이 스쳐 간다. 저 건너편 방파제 끝, 붉은 등대가 이쪽 하얀 등대를 마주 보고 서 있다. 어디로 가야 방파제에 닿을 수 있는지 모르는 연오에게 법은 등대였다. 등대는 마주 볼 뿐 편을 만들지 않는 길잡이다.

　이제 연오의 험한 등에 업혀 강을 건너온 자들이 헹가래도 없이 연오를 저 바다로 밀어 버릴 시간만 남았다. 그래서 연오는 이 자료를 반드시 확보해야 했다. 왜 죽였는지 말할 가치조차 없는 존재라고 해도, 왜 죽임을 당해야 했는지 알아야 할 권리는 있다. 연오의 눈은 바다를 향하고 있으나 한동안 아무것도 보지 않고 있다. 그 순간만은 바다도 움직임이 없다.

14

무죄의
추억

　　도와 도보건진료소장회 주최로 매년 3월이
면 직무연찬회가 열린다. 도청에서 하기도 하고, 가끔은
휴양지에 있는 수련원에서 하기도 한다. 올해는 1박 2일
일정으로 해안가 리조트에서 한다.

　보수교육처럼 도내 보건진료소장들이 한자리에 모여, 2
년에 한 번 이사진을 교체하는 총회도 한다. 올해가 총회
를 하는 해다. 총회가 있는 해에는 시군별 단위에서 2년간
새롭게 도보건진료소장회를 이끌어갈 이사진 후보를 추천

해야 한다. 해굿시 동료들은 대표로서 의견을 묻는 연오의 공지에 아무런 대답이 없다.

연오는 시청 주차장에서 백승이를 기다린다. 백승이는 베이지색 짧은 트렌치코트를 입고 차 안 연오의 옆자리에 앉는다.

-어서 와.

-누가 저보고 우리 해굿시 사람 중에 누군가를 이사진에 추천하라고 했는데 싫다고 했어요.

인사나 안부는 당연한 듯 생략하고, 하고 싶은 말이었다는 듯 새침하게, 그러나 뼈를 담아 말한다.

-왜?

-우리 시에 뭐 잘난 사람이 있어야 말이죠. 옷 잘 입는 사람도 없고, 날씬한 사람도 없고…… 그렇잖아요?

작은 키에 왜소한 백승이가 연오를 흘끔 훑어보며 안전 벨트를 맨다.

-그래도 조건이 된다고 생각하면 셀프 추천이라도 하지 그랬어? 꼭 신언서판을 갖춰야 남 앞에 설 수 있는 시대는 아니잖아?

-그딴 걸 해서 뭐해요?

-해굿시에서 대표를 하려면 투표까지 해야 하니까 네가

그런 거라도 해서 나를 좀 도우면 좋잖아.

-그거야 선배 견제하느라 일부러 어깃장을 놓은 거죠. 오죽하면 모임을 해산하자고 하겠어요?

백승이가 킥킥 웃는다.

-그보다 이 옷 못 보던 거네요. 새로 산 거죠?

백승이가 연오의 헤링본 자켓 앞섶을 살짝 잡아당긴다. 백승이는 부쩍 노골적이다. 어학교재를 판다는 동창과 자동차 영업을 하는 동창, 그리고 다단계 건강보조식품 판매원과 보험설계를 하는 지인들을 차례로 연오에게 보냈다. 백승이 뿐만 아니라 퇴직한 공무원들도 무슨 판매원들을 데리고 보건진료소 문을 열고 들어온다. 그들은 연오가 계약을 하거나 물건을 팔아 줄 때까지 진료실 소파나 건강증진실 안마의자에 앉아 버티곤 한다. 마치 세입자에게 월세를 받으러 온 사람 같다.

-너 지난번 내 차에서 가져간 책은 왜 안 주니?

-아, 그거 독일카페 하는 여자가 쓴 거요? 그 책은 제 친구들과 돌려 읽고, 그 카페 가서 주인과 인증샷도 남겼어요. 선배는 책도 많으면서 쪼잔하게 꼭 돌려받고 싶어요?

-책을 좋아하니까 산 거고, 그러니까 내겐 소중한 거야.

백승이에게 책이란 돈을 주고 살 필요는 없는 물건이다.

어렵고 두꺼운 책은 권해도 싫다고 하지만 가벼운 책에는 눈독을 들인다. 그런 차원에서 연오는 백승이에게 가끔은 쓸모 있는 존재다.

-이 옷 어디서 샀냐구요. 왜 저랑 같이 안 가고 혼자 옷을 사러 다녀요?

-너 그 옷도 예쁘네. 누구랑 가서 산 거니?

-이건 여고 동창이 팔아달라고 해서 어쩔 수 없이 산 거예요. 서로 도우며 살아야죠.

백승이가 샐쭉해진다.

-이건 또 언제 샀어요? 이거 저 주세요. 선배는 또 사면 되잖아요?

백승이는 연오의 옷깃에 달린 자수 브로치를 잡아당긴다. 핀이 아니라 집게 형식인 브로치는 쉽게 백승이의 옷깃으로 옮겨진다.

연오의 차는 톨게이트를 빠져나와 쭉 뻗은 고속도로를 달린다.

-오늘 장기자랑 어떻게 할 거예요? 시군별 장기자랑 시간이 있잖아요?

-단톡에서 내가 의견을 물었는데 왜 거기서 의견을 나누지 않고?

우리가 사는 이곳이 눈 내리는 레일 위라면

-전 단톡방에서 나가고 싶어요. 구애신은 선배를 주저앉히고 우리를 무릎 꿇리려 하고 있어요. 그래서 선배가 단톡방에서 아무리 공지를 해도 반응하지 않는데 제가 왜 거기서 속을 보여요? 그러니까 저를 탓하면 안 되구요.

-언젠가 누가 너보고 쉬운 길만 가려고 한다고 하지 않았나?

-그랬죠. 구애신이 하라는 대로 안 하니까 그렇게 말했어요. 근데 쉬운 길 두고 어려운 길 가는 게 더 이상한 거 아닌가요?

-네가 단톡에서 반응도 좀 보이고 그러면 안 될까?

-저 원래 그런 거 싫어하니까 대표도 안 하는 거예요. 구애신도 확고하잖아요. 시보건소 직원들과 하모니카 동호회를 하면서도 보건진료소장들의 시군별 장기자랑에는 아무 반응도 안 하는 거 보세요. 질긴 사람이죠.

백승이가 몸서리치는 시늉을 한다.

-내가 대표직을 내려놓을까?

-선배가 그걸 내려놓는 순간, 우린 둘 다 죽어요!

리조트에 도착하자 백승이는 가방을 들고 먼저 빠른 걸음으로 안으로 들어가 버린다. 구애신을 의식하는 듯하다. 먼저 도착한 신임 동료가 해긋시 자리를 맡아 두었다고 하며 연오를 안내한다. 먼저 와 있는 구애신 옆에 두 개의 빈 자리가 있다. 신임 동료가 웃어 보이며 그 자리에 놓인 가방을 들고 반대쪽으로 간다.

-일찍 왔네.

스마트폰을 보고 있는 구애신에게 연오가 말을 건다.

-어. 그래. 백승이랑 같이 왔어?

-응.

연오는 백승이가 구애신 옆에 앉도록 자리를 남겨 두고 그다음 자리에 앉는다.

-그런데 어딜 간 거야?

구애신이 주변을 살피며 묻는다.

-오겠지.

-걔는 이번에 꼭 근무지를 옮겨야 하는 이유가 뭐래?

-직접 물어 봐.

-대표가 정리를 좀 해.

-뭘 정리해?

-우리, 일단은 연장자 우선으로 선호지역에 근무하자. 그게 싫으면 네가 나랑 자리 바꿔 주면 돼.

노미경도, 구애신도 굳이 동산에 와서 근무하겠다고 말하고 있다.

-인사는 인사권자가 해야지.

-인사권자가 하면 네가 또 청원 뭐 그런 거 하면서……
아니다. 못 들은 걸로 해. 이번에는 그냥 네가 밀어붙여!

-청원 뭐 그런 거라고 하니까 나도 그동안 하고 싶었던
말을 할게. 청원에서 가장 중요한 건 명분이야. 명분 없는
청원은 음해야. 그걸 좀 구분해.

-명분은 무슨…….

백승이가 한껏 인상을 구긴 얼굴로 다가온다. 눈빛이 불
안해 보인다.

-저쪽으로 가요!

백승이는 구애신과 연오 사이에 남겨둔 빈자리를 가리
킨다. 대화를 들은 것 같지는 않지만, 멀리서 보면 구애신
과 연오가 스스럼없이 대화를 나누는 것처럼 보였을 것이
다. 구애신은 팔짱을 낀 채 피식 웃기만 하고, 백승이는 구
애신을 바로 보지 못한다. 연오는 백승이에게 말한다.

-그냥 거기 앉아.

-둘이 얘기하려면 붙어 앉아야 될 거 아니에요?

-그래 알았어. 내가 가 줄게.

구애신이 백승이를 쳐다보며 연오 옆으로 옮겨 앉는다.

나란히 앉은 세 사람 사이에 잠시 침묵이 흐른다. 연오

　　　　　　　14 무죄의 추억

는 생각한다. 사는 방식이 다른 사람에 대해서는 대처하는 방법도 달라야 한다. 구애신은 갖은 꾀를 쓰며 연오를 곤란하게 하지만, 백승이처럼 물리적인 폭력을 썼다는 말은 들어 보지 못했다. 백승이의 불안이 연오를 향해 폭발할 수 있게 유도하고 기다리는 구애신, 구애신을 지원하고 백승이를 자극하는 그 뒤의 세력들……. 구애신과 백승이 사이에도 적절한 타이밍을 기다리는 연대감이 존재한다.

수범사례발표가 끝나고 자살예방 동영상을 보는 시간이다. 학교폭력이나 직장 따돌림으로 자살을 하는 사람들은 자살하기 전에 주변 사람들에게 어떤 방식으로든 암시를 하므로 도와주면 자살을 막을 수 있다고 한다.

-연오야! 쟤네들은 연구도 안 하냐? 해마다 저따위 프로그램은 왜 맨날 보여 주는 거지?

구애신이 스스럼없음을 가장하며 말을 건넨다.

-바뀌지 않으면 반복교육도 필요하지.

시보건소에는 자살예방을 위한 부서도 있고, 장애인을 위한 부서도 있고, 찾아가는 복지정책도 있다.

-해곳고교에서 장애학생들끼리 학폭 있었다고 신문에 난 거, 이니셜 K가 은서 얘기라는 말이 있던데?

-우리 일에나 제대로 신경 좀 쓰지?

-야! 내가 그렇지 않아도 그 시리즈로 방송한다고 했던 그 기자한테 전화했어. 우리는 백합회가 아니니까 정정보도 해달라고오!

-네 할 일은 그게 아니고…….

-신문기사가 사실이라면 넌 딸을 돌봐야 하지 않냐? 장애가 있는 아이들은 귀하게 키워야 돼. 걔네들이 이 세상의 빛이야. 빛!

구애신은 팔짱을 낀 채 콧노래를 부른다.

소리를 낮춘 스마트폰에 불빛이 들어온다. 송 변호사다. 연오는 스마트폰을 들고 서둘러 로비로 나온다.

-네. 변호사님.

-잘 지내셨어요?

송 변호사의 목소리가 밝다.

-네. 결과가 나온 거죠?

-네. 헌법재판관 전원의 만장일치로 인용되었어요. 검사의 기소유예처분이 잘못되었다는 이의신청에 손을 들어준 거죠.

-고맙습니다. 정말 감사합니다.

-그동안 고생 많으셨어요. 꿋꿋하게 소명하신 덕분입니다.

송 변호사는 그렇게 말해 놓고 조금 웃는다.

-한 말씀 더 드리자면, 변호사 하셔도 될 정도인 거, 아시죠?

연오도 오랜만에 웃는다.

마침 쉬는 시간이 되어 사람들이 나온다. 백승이가 연오를 발견하고 다가온다.

-또 무슨 일 있어요?

-헌법소원 그거…… 잘됐나 봐. 범죄 아니라고…….

백승이의 얼굴에 실망감이 번지며 눈빛에 힘이 들어간다. 아직 완전히 속내를 드러내고 있지는 않지만, 근무지 재배치에서 유리한 위치에 서고 싶기 때문일 것이다. 백승이는 실습지도 사건에 휘말리지 않은 것을 즐기는 중이다.

-동료들도 아는 것이 좋지 않을까?

-누가 좋아한다고 그걸 말해요?

싸늘해진 백승이가 연오 옆을 스쳐 빠르게 지나간다.

연오는 보건진료소장회 회장에게 소식을 전한다. 그녀 역시 불편한 기색이 역력하다.

다음 쉬는 시간이 되자 노미경이 연오에게 다가온다.

-얘기 들었어요. 이제 그럼 우리가 환수했던 돈, 모두 되돌려 받을 수 있는 거죠? 선배가 나서서 받게 해줄 수 있는

거죠?

-나설 수는 있지만, 만약 조사계에서 자발적으로 환수한 거라고 거절하면 어떻게 할 거야?

-아이 참! 난 또 선배가 나서서 일이 잘되어 간다는 얘긴 줄 알았죠. 별것도 아니네요?

노미경은 잠시의 망설임도 없이 돌아선다.

뷔페로 저녁 식사를 끝내고, 시군별 장기자랑 시간이다. 노래와 춤과 마술과 상황극이 펼쳐진다. 마이크를 잡은 진행자가 해긋시는 무엇을 할 거냐고 대표인 연오를 향해 묻는다. 기권이라고 말하려는 순간, 백승이가 가방에서 하모니카를 꺼내며 선언하듯 말한다.

-제가, 합니다!

연오는 구애신을 바라본다. 구애신은 못 들은 척한다.

-구애신! 같이 좀 해라. 응?

연오는 구애신에게 부탁을 해본다.

-연습도 안 했는데 무슨 소리야?

구애신은 한 마디로 자른다. 백승이는 구애신이 속한 하모니카 동호회에 들어가고 싶은 눈치였다. 둘 다 퇴근 후에 집으로 바로 가지 않고 사람들과 어울리는 취향은 비슷하다. 그러나 구애신은 자신이 만들어 놓은 인맥에 백승이를 절대로 끼워 주지 않는다. 연오는 구애신에게 그런 자세를 배워야 한다. 사람을 대할 때 차이를 두고 경계선을 그어야 함부로 하지 못하는 것 같다. 구애신의 그런 점이 백승이를 연오의 곁에 잠시 머물게 하기도 하지만, 반대로 백승이가 구애신보다 연오를 만만하게 보는 이유이기도 하다. 차별할수록, 잡아뗄수록, 외면할수록, 부정할수록 고수로 인정받는다.

단체로 장기자랑에 참여하는 다른 시군 사람들을 보며 구애신은 깔깔거리며 박수치고, 연오의 어깨를 친다. 하모니카 연주를 하기 전에 백승이가 이쪽을 바라본다. 그리고 혼자 해긋시 대표로 무대에 올라가서 '꼬마 인형'이라는 노래를 연주한다. 혼자 종일 근무하다가 퇴근 후나 주말에는 취미활동도 하는 것 같다. 연오가 구애신이나 백승이와 등을 지게 된 것은 그 시간을 함께하지 못하면서부터이다. 각자 홀로 끼워줄 곳을 찾아다니며 외로웠을 것이고, 그런 외로움이 분노로 표출되기도 했다.

-앞으로 저 이런 거 안 해요. 이런 걸 내가 왜 혼자 해야 해요?

무대에서 내려온 백승이가 연오를 향해 날카롭게 말한다. 구애신이 팔짱을 낀 채 먼 곳을 보며 빙긋 웃는다.

우리가 사는 이곳이 눈 내리는 레일 위라면

이튿날, '그림으로 배우는 인문학'이라는 강의시간이다. 서른 후반 정도로 보이는 여자가 강단에 선다.

-선배! 저 사람 강의, 진짜 재밌어요.

연오의 옆자리에 앉아 있던 백승이가 강사가 인사말을 하는 사이 말을 건다.

-언제 들어봤구나.

-시청에서 한동안 금요일마다 인문학 강의한 적 있잖아요? 그거 들으면 교육점수 주니까 저도 몇 번 간 적이 있는데, 저분이 강사였어요.

강사는 신윤복의 그림에 나타난 인물들을 중심으로 조선시대 여자들의 삶에 대한 이야기를 하다가 갑자기 마이크를 잡고 연단 끝으로 나온다.

-그런데 여러분, 혹시 이 자리에 그럴 분은 없겠지만, 걸핏하면 기록하는 사람들 있죠? 옛날 고리짝 시대에도 그렇게 하다가 크게 경을 친 사람들이 많이 있었죠. 그때야 시대가 고리타분한 시대이니 그렇다 치고요, 요즘 세상에도 그런 사람들이 가끔 있어요. 아주 피곤하고 짜증 나는 부류니까 절대로 가까이하면 안 됩니다. 뭐 자기 혼자 기록해서 어쩌겠다는 거예요? 그렇게 살려면 세상 혼자 살던

14 무죄의 추억

가! 그죠? 여러부우운!

연오는 적지 않은 시선이 자신에게 쏠린다는 것을 느낀다. 구애신은 노골적으로 고개를 틀고 연오를 바라보다가 다시 정면을 향한다. 강사가 신윤복의 그림과 관련하여 어떤 맥락에서 한 말인지 알 수가 없다.

쉬는 시간이 되자 구애신은 서둘러 강의실을 나간다.

-저 강사, 뭐지?

연오가 묻자 뺨과 귀가 상기된 백승이가 대답한다.

-맞춤형 발언이겠죠.

강의실 밖 로비에서 마주친 구애신이 연오를 보고 빙긋 웃는다.

-야! 너, 오늘 열 좀 받았겠다! 그러니까 뭐 쓰고 그런 건 나가서 해! 나가서 자서전을 쓰든, 대하소설을 쓰든, 니 멋대로 하고 살아. 그러면 저런 소리 안 들어도 되잖아?

오늘은 작정을 한 것 같다. 구애신은 강사의 그 말이 연오를 향해 한 말이라는 것을 확인해 준 것이다. 그렇다면 누가 주문한 발언일까? 설마 대외적으로 고상하다는 평가를 받는다는 전이화가 저런 맞춤형 발언을 미리 주문한 것일까.

도보건진료소장회 이사진을 교체하는 총회 시간이다. 칠판에 있는 이사진 후보 명단에 노미경의 이름이 올라있다. 부회장 후보다.

연오는 정견발표를 하는 노미경을 복잡한 마음으로 바라본다. 해긋시 보건진료소장회의 해산을 주장하고 모임을 나갔던 노미경이 이사진 후보가 되었다. 해긋시 대표로서 당연직 이사진 중의 한 명인 연오는 이사회에서 노미경을 후보로 올린다는 사실도 모르고 있었다.

헌법소원심판청구에 대한 인용결정을 알리자 불편한 기색을 드러내던 도보건진료소장회 회장 얼굴이 떠오른다. 노미경은 후보를 추천하라는 단톡방 공지사항에서도 반응하지 않았고, 헌법소원심판 인용결정 소식을 듣고 다가왔을 때도 자신이 후보에 이름을 올렸다는 것을 밝히지 않았다.

백승이는 옆 사람과 작은 목소리로 수다를 떨고 있다. 그동안의 총회에서는 후보를 추천한 사람이 추천의 이유를 말하는 순서가 있었지만, 올해는 그마저도 없이 회의가 진행된다. 몇 가지 절차가 그렇게 생략되었지만, 모두 그 이유를 알고 있는 듯 아무런 이의 없이 투표용지가 배부된다. 후보자 이름 밑에 체크 표시를 하여 투표함에 넣는 동안 연오는 노미경과 스쳤지만, 노미경은 연오의 시선을 피한다. 개표 결과, 노미경은 부회장 후보 중에 가장 적은 표를 얻는다.

먼저 로비에 나와 있던 신임 동료 중 한 명이 연오에게 다가와 해긋시 보건진료소장들도 다른 시군처럼 돌아가는 길에 맛집에 들르자고 한다. 연오는 알았다, 고 대답하며 구애신을 부른다. 연오가 대표가 된 후 한 번도 해긋시 보건진료소장들 모임에 나오지 않았지만, 이번에는 합석할 거라는 확신이 든다. 구애신은 흔쾌히 자신의 근무지와 가까운 보리밥집으로 장소를 정한다.

일행은 각자의 차를 타고 리조트를 나온다. 보리밥집은 장독대가 있는 기와집이다. 식당은 한산하다.

-오늘 점심은, 내가 살게.

처마 밑에 신발을 벗어 놓고 안으로 들어가던 연오가 누구에게라고 할 것 없이 선언하듯 말한다.

-너두 참! 미리 말했으면 횟집으로 정했지.

옆에 서 있던 구애신이 예의 그 다정함으로 연오의 어깨를 친다.

-그럴 것 같아서 지금 말하는 거야.

우리가 사는 이곳이 눈 내리는 레일 위라면

모두 웃는다. 연오도 웃는다. 오늘만은 그렇게 웃고 싶다. 하지만 이제 이런 기회는 다시 없을 것 같다. 곧 근무지 재배치가 단행된다. 늘 계획하고 행동하는 구애신이 오늘 흔쾌히 합류한 이유도 그것 때문일 것이다.

밥이 차려질 때까지 잠시 틈새가 있다. 이 도시에서 특수교육 발전을 위한 연대의 힘이 타오르다가 붕괴했을 때, 어느 기자가 연오에게 충고한 적이 있다. '스스로 공을 말해서는 안 됩니다.' 그러나 연오의 입이 되어 주는 사람이 없으므로 스스로 말하기로 한다.

-이미 아는 사람도 있지만, 아직 모르는 동료들도 있을 것 같아서…… 헌법소원청구 했던 것, 인용결정 났고, 그건 무죄라는 뜻이야.

-아, 질질 끌어서 진짜 지겨웠는데…… 이제 끝? 선배! 술, 사요!

백승이가 처음 듣는 것처럼 과장된 반응을 한다. 구애신은 된장찌개에 들어간 두부와 달래를 걷어 내어 자신의 밥그릇에 옮겨 정성 들여 비빈다. 마치 아무 말도 듣지 못했거나 자신과는 전혀 상관없다는 표정이다.

-정말 술이나 한잔하면 좋겠네요.

노미경도 팔을 뻗어 산나물을 밥그릇에 올린 후, 길게 한숨을 쉬며 말한다.

-야! 야! 야아! 얘가 술이 먹고 싶단다!

구애신이 밥그릇을 손에 든 채 젓가락을 허공에 내저으며 소리친다, 구애신의 야, 소리는 앞의 두 소리가 짧고 마지막 소리는 길며, 약간 허스키하다.

-그렇잖아요? 선거에서도 떨어졌고, 뭐 헌법소원인지 뭔지 해도 빼앗긴 돈을 되돌려 받을 수 있는 것도 아니고…….

노미경이 구애신의 말은 못 들은 척하고, 연오를 향해 툴툴거린다.

-모두 함께 절차대로 진행하면 받을 수 있어.

-그렇죠? 선배!

반색하는 노미경의 말끝에 구애신이 끼어든다.

-둘 다 진짜 어이가 없네. 니네는 가끔 멍청할 만큼 사람을 믿더라. 노미경, 넌 조사계 사람들 따라다니고, 신연오는 전이화가 여고 선배라고 하니까 속 다 보여 주고…… 그래서 난 니들이 맘에 안 들어!

-그러게요. 여기선 속을 보여 주는 척하다가 다시 속이면서 상대를 헷갈리게 해야 살아남는데 말이죠.

우리가 사는 이곳이 눈 내리는 레일 위라면

백승이가 맞장구를 친다. 침묵이 이어진다. 신임 동료들의 표정도 굳는다. 서서히 라운드 벨이 울리길 기다리며 일제히 링 위에 올라갈 준비를 하는 시간이다.

15

개밥그릇과
청계알

토요일 오전, 은서는 욕실 거울 앞에 서 있다. 연오는 가위와 빗을 들고 은서의 머리카락을 자른다. 은서는 미용실에 가지 않으려고 하니까 매번 집에서 머리를 잘라 줘야 한다. 처음에는 목욕용 의자에 앉게 한 다음 가위를 들고 다가가면 소리를 질렀다. 괜찮다고 해도 완강하게 연오를 밀쳐냈다. 그 후, 연오는 가위를 숨겼다가 은서가 거울 앞에 서 있을 때 머리카락 끝을 잡고 살짝 자르기 시작했다. 일단 자르기 시작하면 크게 저항하지는 않았다. 그러나 다 자른 다음 바닥에 떨어진 머리카락을 보면

우리가 사는 이곳이 눈 내리는 레일 위라면

서 울었다. 머리를 감기고, 샤워를 시키고, 마른 수건으로 몸을 닦아 준 다음 헤어드라이어로 머리를 천천히 말려 주며 끊임없이 괜찮아, 조금만 기다려, 예쁘지, 라는 말을 해 주며 그럭저럭 끝내곤 했다.

불안은 상황을 알고 이해하게 되면 사라질 수 있다. 연오의 어린 시절도 불안했다. 이해를 위한 시간보다는 욕설과 윽박지름이 먼저였다. 연오는 울음을 삼키며 그냥 따라야 했다. 어느 순간 연오는 자신의 템포로 살기 위해 자기 방어를 하기 시작했다. 기억하고, 기록하고, 논리를 세워 반박했다. 그것으로 다 해결되지는 않았다. 적을 만들기도 했다. 그래도 연오는 은서의 템포를 지켜 주며 공존하고 싶다.

은서는 이제 욕실 거울 앞에서 머리를 즐겁게 자른다. 오른쪽을 자를 때는 오른쪽 뺨을 살짝 돌려 주고, 왼쪽을 자를 때는 왼쪽 뺨을 살짝 돌려 준다. 그리고 머리를 감고, 말리고, 빗고, 핀을 꽂아 줄 때까지 줄곧 웃는다. 욕실을 나올 때면 아주 만족스러운 표정으로 또 한 번 예쁘게 웃는다. 그럴 때면 연오는 은서의 장애가 특별한 것이 아닐 수도 있다는 생각이 든다. 상황인식이 안 될 때 불안을 느끼고 반응하는 건 모든 인간에게 공통으로 일어나는 현상 아닌가.

단정하게 자른 단발머리를 나풀거리며 은서는 거실을 오간다.

연오는 뒤란에서 키우는 청계가 낳은 알로 달걀찜을 만들고, 현미를 섞은 밥, 김구이와 멸치볶음으로 아침 겸 점심을 차린다. 은서를 불러 의자에 앉히고 수저를 건네는데 전화벨이 울린다.

-집이 대체 어디야? 내비게이션이 찾지를 못하네!

전이화 과장이다.

-왜 대답을 안 해? 안 들려?

-무슨 일이신가요?

-나, 동산초등학교 앞까지 왔는데 그냥 돌려보낼 거야?

-교문 앞에 계시면, 제가 나가죠.

전이화가 사람을 대하는 방식은 구애신과 같다. 차단하다가 필요할 때는 거절할 수 없는 곳까지 밀고 들어온다. 그럴 수 있는 이유는 아마도 자신들이 공들여 온 집단에 기댄 우월감 때문인 것 같다. 그들은 그것을 지키기 위해 늘 편을 만드는 데 공을 들이고, 또 편이 있다는 것을 알리고 싶어 한다.

-은서야! 밥 먹고 있어. 엄마는 금방 산책하고 올게. 알

우리가 사는 이곳이 눈 내리는 레일 위라면

았지?

 연오는 물을 컵에 따라 주며 말한다. 은서는 고개를 들지 않은 채 숟가락을 든다. 연오는 노란색 머리핀을 찾아서 은서의 흘러내리는 앞머리를 고정해 주고 현관을 나선다. 개가 대문까지 따라 나온다. 연오는 대문을 닫는다. 잠시 개가 혼자 있는 은서를 지켜 줘야 한다. 봄 햇살이 들판에 쏟아져 내린다. 저 멀리 바다가 손바닥만 하게 보인다. 저곳에 연오가 근무하는 동산보건진료소가 있다. 직장을 그만두게 된다고 해도 연오는 이곳에서 저곳을 바라보게 될 것이다. 연오에게는 이제 탄알이 남아 있지 않다. 주말 한낮, 전이화의 저 거침없는 방문이 그것을 예고하고 있다.

 연오는 동산초등학교 앞에 서 있는 하얀 승용차를 향해 다가간다.
 -밥 사 줄게. 타!
 -아이가 혼자 있어요.
 -그렇구나. 난 또 시설에 보냈다는 말을 들어서 그런 줄로만 알았지.
 전이화는 운전석에 앉은 채 창밖으로 연오를 내다보며 구애신이 종종 짓던 그런, 눈을 약간 위로 치켜뜨고 한쪽

입꼬리를 좀 더 위로 들어 올리는 표정을 지으며 빙긋 웃는다. 그 웃음에는 연오를 자극하려는 의도가 있어 보인다. 연오는 차에 올라 전이화의 옆자리에 앉는다.

-구애신이 동산에 보내 달라고 하는 거 알지? 신연오가 동산보건진료소 근처에 사는 게 거슬리는 모양이야.

오래전부터 연오가 시골에 집을 지으려고 했던 이유는, 외출하지 않으려는 은서를 마당 있는 집에서 키우기 위해서였다. 장애가 있는 아이를 돌보며 아파트에 꼼짝없이 갇혀 주말을 보낸다는 건 가족 모두에게 힘든 일이다.

-사람이 세상에 나와 살다가 힘들 땐 고향으로 가는 것도 사는 방법이야. 이사 안 가?

여고 선배라고 하며 다가올 때처럼 천연덕스럽고, 장애 자녀를 둔 하성제를 아느냐고 물을 때처럼 졸렬하다.

-과장님은 시민의 보건을 위해 일하고 세금으로 월급을 받는 분이에요. 타인의 거주, 이전 자유까지 건드리면 위법이죠.

-세상이 법대로 되나? 법이 현장에 안 맞으면 다른 방법을 쓰는 거 몰라?

-과장님도 여기까지 오신 거 보면 힘든가 본데 고향으로 가실 건가요?

우리가 사는 이곳이 눈 내리는 레일 위라면

-내가 너랑 같아?

-저 예전에 청원으로 정식 인사발령을 받아 동산에 온 거 아시죠? 그러니까 뭘 바꾸거나 필요한 사항이 있으면 문서로 하세요.

-법이면 다 되는 줄 알지?

-그게 아니라는 말을 하고 싶은 건가요?

-보건진료소장들은 왜 그렇게 따로따로, 각자 자기 팔 흔들어 대는지 모르겠어. 그러지 말고 단합을 해. 대표도 혼자 하지 말고 다른 사람에게 좀 넘겨주고…… 왜 그렇게 욕심이 많아?

전이화가 안전벨트를 고쳐 매며 신경질적으로 화제를 돌린다.

-제가요? 그래요. 저, 욕심 있어요. 어떤 욕심이냐 하면, 백합회 회장인 과장님에게 사과받고 싶은 욕심 있어요.

-진정하고 저기, 저쪽 골짜기에 스테이크 잘하는 집 있어. 거기 가자. 주인이 서울에서 대학병원에 근무한 의사인데, 딸이 자폐라서 부모님 땅에 레스토랑 짓고 그냥 같이 산대. 돈은 있어도 좀 안되어 보이더라.

연오는 봄이 오는 들판에 시선을 맡긴다. 바구니를 들고 달래, 냉이라도 캐러 나가면 좋을 날씨다. 문득, 경혜가 생각난다. 학연을 언급하며 하이에나처럼 한 발 한 발 다가온 전이화와 경혜를 한자리에 앉게 하고 싶다.

－비밀의 화원 음식 괜찮지 않나요? 여기서 더 가깝기도 하구요.

전이화가 잠시 멈칫하는 것 같다. 그러나 더는 반응이 없다. 아무 말도 듣지 않은 것처럼, 묵묵히 운전만 한다. 이로시 출신인 셋이 만나게 될 가능성은 0.1%도 없다. 전이화는 확고한 해굿의 주류세력이 되기 위해 경혜와 연오를 그저 이용할 뿐이다.

소박한 풍광을 안고 긴 농로를 따라 들어가자 산 밑에 '더 힐'이라는 레스토랑이 나온다. 고급스러운 유럽풍 건물이다. 주인으로 보이는 중년의 여자가 나와 전이화를 깍듯하게 맞는다. 주인 여자가 주방으로 들어가자 고등학생 나이쯤으로 보이는 여자아이가 물병과 컵을 쟁반에 받쳐 메뉴판과 함께 들고 다가온다. 전이화가 메뉴를 살피는 동안, 여자아이는 두 손을 모은 채 필요 이상으로 눈을 동그랗게 뜨고 전이화를 바라본다.

－스테이크로 두 개 주세요. 안, 심, 치, 즈, 스, 테, 이, 크.

전이화가 담뿍 미소를 띤 얼굴로 여자아이에게 말하는 모습이 낯설다. 조직 밖의 사람들에게 전이화는 얼마든지

간호사 출신의 우아한 보건소 간부로 보일 수 있다.

-네. 안심 치즈 스테이크 두 개!

여자아이가 주방 쪽으로 가자 전이화가 이사 운운하던 조금 전과는 달리 태도를 바꾸어 다감하게 말한다.

-아무튼, 이번에 정말 고생했어. 결과가 이렇게 일찍 나올 줄은 몰랐잖아. 다행히 한 건으로 묶여 있으니까, 이제 처분을 내렸던 검사를 찾아가서 전원 기소유예처분취소를 부탁해 볼 생각이야.

전이화는 연오에게 얼굴을 바짝 갖다 댄다. 마치 배를 가르고 내장을 파 내가려는 것 같은 섬뜩함이 있다. 고향, 이사 등을 운운하며 겁을 주려고 했던 이유가 헌재 결정을 이용하기 위해서였나 보다.

-그게 가능하다고 하던가요?

법률적으로 가능한 일이 아니라는 것을 전이화가 모를 리 없다. 하지만 조금 전 전이화는 '세상이 법대로 되나?'라고 했다.

-추진해 봐야지. 그러니까 신연오도 혼자 그 공을 다 가지려고 하지는 마. 지금부터 내 말 잘 들어. 우리 시 조례에 공무원이 공무를 수행하다가 고발을 당해 변호사를 선임해야 할 경우, 무죄가 나오면 시에서 변호사 비용을 보전

209

해 줘야 한다는 조항이 있어. 귀한 후배가 변호사까지 개인적으로 선임해서 도운 거, 내가 모르지 않아. 그러니까 그건 내가 챙겨 줄게.

　-변호사 선임비용을 주겠다구요?

　-간호사로서도 내 자존심이 걸려 있는 문제니까 당연히 그렇게 해야지.

　전이화는 주머니에서 접혀 있는 종이 한 장을 꺼내서 연오에게 건넨다. 연오는 천천히 펼쳐 본다. 소송수임료의 지원이라는 조항이다. 공무원이 직무를 수행하는 과정에서 변호사를 선임했을 때, 고의 또는 중대한 과실이 없고, 무죄 판결이 확정되면, 부서장은 시정조정위원회를 개최 요구하여 관련 사실을 소명하고 소송수임료를 신청할 수 있다는 내용이다.

　-징계요구를 했던 조사계에서도 헌재인용결정에 따른 마무리를 당연히 해야죠.

　-무슨 마무리?

　-강제 환수한 실습지도비를 되돌려 줘야죠.

　-그만하라고 했지? 그건 안 돼!

　전이화가 소리친다.

　-왜요? 소송수임료보다 실습지도비가 우선 아닌가요?

-무조건 안 돼!

-잊으셨어요? 과장님이 경찰 조사 받으러 가신다고 하면서, 협조차원에서 환수하라고 한 거잖아요.

-그건, 누가 뭐래도 자진반납이야!

-자진반납도 아니지만, 그렇다고 해도 무죄로 결정이 났으면, 당연히 돌려줘야죠.

-무조건 안 돼! 그 말은 두 번 다시 꺼내지 마. 그거 몇 푼 안 되잖아. 그 돈 없으면 못살아?

-몇 푼 안 되는 그 돈을 횡령했다고 검찰까지 갔어요! 협조 차원에서 어쩔 수 없이 환수했는데, 그걸 다시 죄를 인정한 것으로 간주해서 유죄처분을 내렸고, 다시 헌법재판소까지 갔어요. 그래서 인용결정이 났으면 달라고 안 해도 주는 게 맞죠.

-그거 돌려받으려면 처음부터 재조사를 받아야 해. 변호사 비용 받게 해줄 테니까 좀 기다려. 간호사 선배인 내가 4급 서기관이 되려고 하는데, 신연오 때문에 내가 잘못되면…… 나도 그 자리 한번 앉아 보면 안 돼?

-그게 후배를 죽여서라도 가야 하는 자린가요?

-내가 그 자리에 앉고, 네가 변호사 선임비용을 보전받으면 간호사들의 명예회복은 되는 거잖아!

-저는 그냥 행정적으로 마무리가 되길 바랄 뿐이에요.

-조례와 관련한 사항은 시청 국장들로 이루어진 조정위원회를 열어서 거기 심사를 통과해야 해. 과장인 내가 위원회 개최 요구문서를 올리고 나서 일일이 국장들에게 사전 설명을 해야 하니까, 그냥 좀 기다려.

-저는 그동안 계속 기다렸어요. 백합회가 억울한 게 있다면, 백합회는 백합회대로 소명하면 되는 거고, 저는 저대로 절차에 따라 소명하면 된다고 생각했어요. 그건 누구에게나 있는 기본권이니까요.

전이화는 아무 말도 못 들은 사람처럼 고개를 숙인 채 냅킨을 펴서 무릎 위에 올려놓는다. 곧, 야채수프에 이어 스테이크와 빵과 샐러드가 식탁에 차려진다. 여자아이는 긴장한 채 접시를 나른다. 연오도 돈이 많다면, 이렇게 한적한 곳에 레스토랑을 지어 놓고 찾아오는 소수의 사람만 예약제로 상대하며, 그 누구에게도 구걸하거나 요구하지 않고, 아니 조직 전체와 싸운다는 소리 듣지 않고 고상하게 살고 싶다.

-잘 먹을게.

-네!

여자아이가 웃지 않은 채 대답한다. 평소에 볼 수 없었던 모습으로 '더 힐' 모녀를 대하는 전이화의 태도를 보며 연오는 혼자 식탁에서 밥을 먹고 있을 은서를 떠올린다. 스테이크가 담긴 접시를 올려놓고 돌아서는 여자아이와 연오의 시선이 마주친다. 연오는 천천히 고기를 자른다.

 연오가 차를 탔던 동산초등학교 앞에서 내리겠다고 하는데, 전이화는 차를 멈추지 않는다.

 -딸내미 혼자 있다면서 빨리 가 봐야 할 거 아니야? 엄마라는 사람이 왜 그래? 집이 어디야?

 대문 밖에 낯선 차가 멈추자 개가 온 힘을 다해 사납게 짖는다.

 -무슨 개가 저렇게 사납니?

 -제 아이가 낯선 사람이 갑자기 집에 들어오는 거, 힘들어해요.

 집 안까지 밀고 들어오는 전이화의 태도가 점점 꺼림칙하다.

 -아무 때나 아이 핑계 대지 말고 개나 묶어! 여기까지 왔는데, 차도 한 잔 안 주고 보낼 거야?

 연오는 전이화를 대문 밖에 세워 놓고 개 목줄을 채운다.

 -집이 정말 운치 있네.

-세상 구경 제대로 못하고 사는 아이를 위한 집이죠.

-누가 뭐랬어?

전이화는 거실에 서서 밖을 내다보고 있는 은서에 대해 아무 말도 하지 않는다. 연오도 거실로 들어가며 은서에게 인사를 시키지 않는다. 은서는 방으로 들어가며 두어 번 발을 동동 구른 후 '으흐흐' 하는 소리를 낸다. 뭔가 편안하지 않을 때 보이는 반응이다. 연오는 은서가 들어간 방의 문을 닫는다.

연오는 식탁 위를 치운 다음 국화차 두 잔을 놓고 전이화와 마주 앉는다.

-내가 인사부서 과장은 아니지만, 문제가 생기면 보건소 전체의 문제가 되니까, 문제가 되면 누군가는 책임을 져야 하니까…… 그래서 하는 말인데, 쟤가 몇 학년이지?

전이화는 은서가 있는 방을 턱짓으로 가리키며 묻는다.

-과장님! 개인이 해결할 수 없는 문제로 공공시스템에서 배려받아야 할 때, 사람들은 어쩔 수 없이 공공기관에 말하잖아요? 그런데 그게 악용된다고 느끼면, 그 개인은 어떻게 해야 할까요?

전이화는 무슨 말인지 못 알아들었다는 듯 아무런 표정의 변화를 보이지 않은 채 이미 몇 차례 했던 말을 또다시

우리가 사는 이곳이 눈 내리는 레일 위라면

되풀이한다. 백합회에서 회장이 되는 줄도 몰랐는데, 후배들을 데리고 징계위원회에 출석해 밥을 사고도 후배들 밟고 출세하려고 한다는 비난을 듣는 것이 억울하다고 한다.

은서가 치약과 칫솔을 들고 나온다. 연오는 책방 옆에 있는 작은 욕실로 데리고 가서 은서의 양치질을 돕는다.

그 사이 전이화는 마당으로 나갔다가 다시 들어온다.

-이제 가 볼게.

-그러세요.

전이화가 현관에서 신발을 신고 밖으로 나간다.

-이건 뭐지?

마당에 나온 전이화가 데크 위에 놓인 목기를 집어 든다. 은서가 초등학교 다닐 때 특수반에서 만든 나무그릇이다. 개밥그릇으로 쓰다가 점점 옻칠이 벗겨져서 아침에 다시 옻칠해 볕에 말리는 중이다.

-만든 그릇이에요.

-나 주면 안 돼?

-그걸요?

연오는 은서의 첫 작품이기도 하고, 개밥그릇으로 쓰던 것이라서 망설인다.

-기념으로 가져가고 싶어.

-무슨 기념요?

-헌법소원심판청구 인용결정 기념! 그런데, 닭도 키워? 아까 마당에 나와 보니까 닭이 있더라.

전이화는 목기를 든 채 뒤란 쪽을 보며 묻는다.

-구경 좀 하자. 집 안에서 닭을 키우는데 냄새가 안 나네.

-청계는 냄새가 덜 난대요.

연오는 앞서가는 전이화를 따라 천천히 뒤란으로 간다. 전이화는 창고처럼 지은 닭장 문을 연다. 금방 낳았는지 짚더미 위에 색깔이 파르스름한 청계알이 놓여 있다.

-어머. 귀한 달걀이 있네.

귀한 인연, 귀한 달걀……. 전이화는 '귀한'이란 말을 버릇처럼 쓰는 듯하다. 연오는 닭장 안으로 들어가서 청계알을 줍는다. 그리고 문 앞에 서 있는 전이화에게 건넨다. 전이화는 들고 있던 목기에 달걀을 하나하나 받아 담는다.

-딱 열 개야. 잘 먹을게. 그래. 혼자 잘 살면 뭐 해? 이제 보니 신연오도 남에게 주는 거 좋아하는구나.

평소와 다르게 많이 머뭇거리는 전이화가 굳이 뒤란까지 온 건 달걀이 목적은 아닐 것이다. 보건소장 X가 떠났다고 해도 아주 떠난 것은 아니다. 퇴직 후에도 간부퇴직자 모임을 통해 친목을 유지하며 영향력을 행사할 것이고,

그것을 잘 아는 전이화는 앞으로도 구애신이나 노미경을 챙겨야 한다.

-이 달걀, 만져 보세요. 참 따뜻하죠?

연오는 아직 온기가 있는 달걀 하나를 더 건넨다. 전이화는 바로 목기에 담는다.

-느껴지세요?

-뭐가?

-따뜻함.

-무슨 소리야? 금방 낳았으니까 따뜻하겠지 뭐. 아, 참! 그 결정문 나 한 장만 인쇄해 주면 안 돼?

-그걸 왜요?

-그걸 사람들에게 보여 주며 변호사 비용을 달라고 설득해야지.

-그건, 헌재 홈페이지에 접속하면 볼 수 있어요, 비공개 자료가 아니에요.

-아, 그래. 그래도 직접 받아 가고 싶어서 해 본 말이야. 갈게.

전이화는 그대로 돌아선다. 뒤돌아보지도, 손을 흔들지도 않는다.

은서가 거실에 서서 밖을 보고 있다.

전이화가 돌아간 저녁은, 마치 어떤 침략을 받은 느낌이다. 은서의 표정은 어둡고, 연오는 어쩔 수 없는 무력감에 빠져든다. 연오는 방으로 들어가서 컴퓨터를 켠다. 헌법재판소 홈페이지에 올라와 있는 결정문을 출력한다. 불길한 생각을 떨치는 마음으로 청계알을 주워 담았듯, 나직하게 읽어 본다.

결 정 문(2015.3.31.)

헌 법 재 판 소

결   정

사 건	2015헌마123 기소유예처분취소
청 구 인	신연오
대리인 변호사	송이규
피 청 구 인	해긋지방검찰청 검사
선 고 일	2015.3.31

주   문

피청구인이 2014. 12. 29 해긋지방검찰청 2014년 형제4567, 8901, 2345호 사건에서 청구인에 대하여 한 기소유예처분은 청구인의 평등권과 행복추구권을 침해한 것이므로 이를 취소한다.

…

이 사건 기소유예처분에는 그 결정에 영향을 미친 중대한 법리오해 내지 수사미진의 잘못이 있어 자의적인 검찰권의 행사라 아니할 수 없고, 그로 말미암아 청구인의 평등권과 행복추구권이 침해되었다.

결   론

구인의 이 사건 심판청구는 이유 있으므로 이 사건 기소유예처분을 취소하기로 하여 관여 재판관 전원의 일치된 의견으로 주문과 같이 결정한다.

재판장 재판관 김일한

재판관 나이영

재판관 조삼수

재판관 성사근

재판관 윤오현

재판관 구종수

재판관 서칠영

재판관 은영준

재판관 박구성

은서는 집 안을 오가며 연오를 한 번씩 쳐다보고서 웃
는다.

우리가 사는 이곳이 눈 내리는 레일 위라면

16

상속자의
의자

　연오는 책상에서 일어나 창밖을 본다. 어쩐 일인지 외벽을 타고 기어올라 창문가에서 꽃을 피우던 능소화가 꽃을 피우지 않는다. 무성했던 이파리도 빈약하기만 하다. 연오는 지금까지 그것을 모른 채 여름을 맞았다.

　7월 하반기 정기발령사항이 전자게시판에 올랐다. 연오는 모니터 앞에 앉아 인사발령사항을 반복해 읽는다. 전이화는 4급 서기관으로 승진했다. 초대 백합회장이었던 S가 간호사로서는 최초로 해긋시 보건소장이 되긴 했지만, 그는 5급 사무관으로서 보건소장직을 수행하다가 명퇴했다.

그동안 공석이던 보건소장 자리에 전이화가 서기관이 되어 앉게 된 것이다.

전이화의 후임으로는 안금련이 사무관으로 승진하여 보건과장이 되었다. 안금련 뿐만 아니라 횡령 혐의로 기소유예처분을 받은 나머지 백합회 회원들도 전원 주요보직을 받아 옮겨 가거나 승진을 했다.

전화벨이 울린다.

-선배. 오늘 5시에 취임식을 한대요. 우리 보건진료소장들이 꽃바구니라도 하면 어떨까요? 간호사 출신이 서기관이 된 거니까 같은 간호사끼리 축하해 주는 게 맞다고 생각해요.

노미경이다. 이 사건을 계기로 달라진 것은 구애신과 노미경이 연오를 필요에 따라 대표로 인정한다는 점이다. 취임식은 그저 사무업무나 마찬가지인 요식행위인데, 왜 조직 내부의 직원이 꽃바구니를 선물해야 한다는 것인지 연오는 여전히 이해할 수 없다. 백합회 비리에 연루되어 유죄처분을 받아도 이의도 없고, 변화도 없고, 모두 한결같다. 배제유가 한 말이 맞을지도 모른다. '그러니까 한 사람이 문제가 아니라 다 문제지요!' 연오는 노미경에게 동료들의 의견을 물어보고 알아서 하라고 말한다.

오후부터 비가 내리더니 빗줄기가 굵어진다. 우산을 쓰고 현관을 나온 연오는 잔디밭 가장자리에 서 있는 측백나무를 흔들어 본다. 작은 물방울이 잔디 위로 흩어진다. 연오는 한걸음 물러나 우산을 꼭 잡고 바로 서서 한동안 측백나무를 바라본다. 취임식에 가야 하지만, 그보다는 유인국을 만나고 싶다. 오래전 학생회관에 나가지 못했던 이유를 이제는 알게 되었을 유인국과 비 내리는 바다를 바라보며 술이라도 한잔하고 싶다. 그러나 그럴 수도 없고, 그렇게 해서도 안 된다. 그것은 다른 누구를 위해서가 아니라 연오 자신을 위해서다. 연오는 누군가를 만나는 것에 대해 극도로 긴장한 지 오래되었다. 유인국을 처음 알게 되었을 때도 그랬고, 무의촌에 살면서도 그랬다. 그립지 않으냐고, 좋은 사람이지 않으냐고, 다가가도 되느냐고 물어도 대답하지 않는다. 그냥 이렇게 버티며 사는 것만으로도, 나름 이루는 것이다. 연오는 측백나무 옆으로 삐죽 올라와 있는 강아지풀을 뽑아내고 차에 오른다.

시보건소 강당에는 본소 직원들과 외곽에 있는 보건출장소, 보건지소, 보건진료소 직원들이 모두 모여 있다. 연

16 상속자의 의자

오는 뭔가 편치 않은 분위기라고 느끼며 안으로 들어가서 사람들 사이에 우두커니 선다. 뒷문이 열리며 얇은 블라우스를 빗물에 흠뻑 적신 채 양동이만 한 꽃바구니를 든 노미경이 들어온다. 배달을 시키면 될 텐데 왜 직접 들고 오는지 안쓰럽다. 어쩌면 모두가 경황이 없는지도 모른다. 또 어쩌면, 피의자였고 그 혐의를 벗지 않은 사람이 조직의 수장이 된 것이 당혹스럽기는 하지만, 그렇다고 해도 그것을 절대로 내색해서는 안 된다는 것을 알기 때문인지도 모른다. 어쨌든 이제는 그 휘하에서 눈치껏 처신하며 살아야 한다.

식장에 다른 꽃은 단 한 송이도 보이지 않는다. 조직으로부터 버림받았다는 보건진료소장들만이 단체로 꽃을 바치게 되었다. 뒷문으로 들어온 노미경이 꽃바구니를 안고 연단 앞으로 걸어가고 있을 때, 연단 가까이에 있는 옆문이 열린다. 감색 투피스로 성장을 하고 은색 브로치를 단 전이화 신임보건소장이 강당 안으로 들어온다. 마치 수행비서처럼 신임보건소장 뒤에 바짝 붙어서 들어오던 구애신이 노미경을 발견하고는 꽃바구니를 낚아챈다.

연단 위에 선 전이화는 직원들을 무표정하게 바라본다. 그 옆에 놓인 탁자 위에 꽃바구니를 보기 좋게 내려놓은 구애신이 전이화를 향해 허리를 굽혀 인사를 한다. 전이화는 아주 짧은 미소를 만들며, 연단 옆으로 살짝 나와 구애신의 어깨를 가볍게 안는다.

　-저것 보세요! 저렇게 해야 한다고 제가 말했잖아요.

　언제 그 자리에 와 있었는지, 백승이가 연오의 오른쪽 옆에 서서 낮지만 날카롭게 말한다. 돌아보니 백승이의 입술이 파르르 떨리고 있다. 초조한 것 같다.

　구애신에게서 몸을 떼며 고개를 드는 전이화의 얼굴에는 이미 미소가 사라졌다. 그것이 완전한 연출이라는 것을 모두 알지만, 그와 동시에 무시할 수 없는 연출이라는 것도 모두 안다. 몸을 돌려 연단 반대쪽으로 걸어오는 구애신의 미소는 오래도록 남아 있다. 그 미소를 이어받기라도 하듯, 노미경은 혼자 박수를 치며 아이처럼 좋아한다. 연오는 다시 백승이를 흘끗 돌아본다. 파르르 떨던 백승이의 입술은 굳게 닫혀 있는데, 당장이라도 폭발할 것처럼 보인다.

　전이화는 무미건조한 목소리로 준비된 취임사를 읽어간다. 복지니, 시민건강증진이니, 하는 그럴듯한 단어가 그녀의 표정과 조화를 이루지 못한 채 겉돌고 있다. 자부심이나 권위가 전혀 느껴지지 않는 표정에는 적의만 가득하다.

취임사에 이어 기념촬영을 한다. 보건소장 전이화가 맨 앞줄 가운데 자리에 앉는다. 전이화를 중심으로 양쪽에 준비된 의자에 앉은 계장과 과장들은 무엇인가 한껏 경계하는 눈빛이다. 그때, 안금련이 연오에게 다가와 전이화 옆에 비어 있는 의자를 가리킨다.

-신연오 진료소장님! 그동안 애쓰셨어요. 대표시니까 오늘 저기 앉으시죠!

연오는 자신도 모르게 전이화를 바라본다. 전이화의 시선이 노골적으로 싸늘하다. 그 눈빛은 '귀한 인연'이라 하며 다가온 순간을 잘라 내겠다는 눈빛이다.

연오는 저만큼 엉거주춤 서서 이 상황을 지켜보고 있는 백승이와 눈이 마주친다. 구애신을 향해 '저는 기껏 당신들 부스러기나 주워 먹는 신세지만 선배는 늘 다른 데 가서 붙어먹으면서!'라고 소리치던, 연오를 향해 '고마워하라'던, 백승이는 이제 연오가 완전히 내려놓고 굴복하기를 누구보다 바랄 것이다. 그렇게 되면 아무 갈등 없이 그들을 따르면 된다. 백승이는 연오를 선택했던 것이 아니라 줄곧 상향곡선을 그을 줄 알았던 구애신의 흔들림이 잠시 불안했던 것뿐이다.

-백승이!

백승이가 자동인형처럼, 깡총 뛰듯이 연오를 바라본다.

-저기, 얼른!

연오는 안금련이 권했던 의자를 가리킨다. 다른 누굴 위해서가 아니라 백승이로부터 연오 자신을 보호하기 위해서다.

-네!

백승이는 싱긋 웃으며 한걸음에 달려가 의자에 냉큼 앉는다. 사람들의 시선이 연오와 백승이에게로 번갈아 몰린다. 연오는 몸을 돌려 천천히 맨 뒤쪽, 가장자리에 선다. 긴장한 탓에 등줄기가 서늘하다.

-아, 빨리 찍읍시다!

촬영을 맡은 젊은 남자 직원이 이 돌발상황을 지워야겠다는 듯 큰 소리로 말한다. 모두 그가 하라는 대로 일사불란하게 따라서 한다. 웃어요! 하면 웃고, 손가락! 하면 엄지와 검지로 하트를 만들고, 주먹! 하면 주먹을 쥐고 오른팔을 든다. 그리고 외친다.

-보건, 파이팅!

얼굴을 모르는 사람들 몇이 간단한 다과상을 차려 놓은 후 물러간다. 직원들은 다과가 놓인 탁자를 에워싸고 어깨를 붙인 채 서로를 관찰한다. 마치 어떤 작전을 수행 중인

16 상속자의 의자

것 같다. 신임보건소장 전이화가 자리를 돌며 직원들에게 음료수를 한 잔씩 따르기 시작한다.

-축하드립니다.

연오의 잔에 음료를 따르는 동안에도, 전이화는 시선을 맞추지 않는다. 대답 없이 다른 사람에게로 옮겨가는 전이화를 바라보며 연오는 전이화가 일관되게 칼을 품고 달려왔다는 것을 깨닫는다. 보건진료소장들은 여전히 비루한 처지가 되어 개인적으로 친분이 있는 시보건소 직원들 근처에 가서 쭈뼛거린다. 연오는 앞이 흐릿하고 속이 울렁거려서 비가 내리는 주차장으로 나온다. 경찰서 조사를 받고 나오던 그 순간처럼 연오는 다시 폭우 속에 앉아 있다.

　　　　우리가 사는 이곳이 눈 내리는 레일 위라면

17

보고 싶은 마음

백승이의 프로필이 단체사진으로 바뀌었다. 시보건소 밴드에 올라온 사진을 자신의 프로필에 담은 것 같다. 간부들과 함께 나란히 앉은 백승이는 해맑고 자신감으로 넘친다.

보건진료소 내부에 CCTV를 설치하겠다는 계획서가 문서함에 올라와 있다. 설치목적은 '범죄예방'이다. 사생활이 노출될 수 있는 민감한 사안임에도 열람권자나 관리자의 지정에 관한 기본사항조차도 없다. 근무시간 내내 카메라에 노출될 보건진료소장들에게는 사전에 아무런 설명이 없었다.

일방적으로 장비를 설치한 후, 시보건소에서 중앙관제식으로 실시간 보건진료소의 진료실을 들여다보겠다는 것 같다. 전이화 체제 아래 새롭게 등장한 압박용 방식이다. 연오는 안금련에게 전화를 한다.

-CCTV 설치와 관련하여 보건진료소장 대표 자격으로 관계자 간담회를 건의합니다.

-그래요? 그런데 보건진료소 신임들, 거기 혼자 있는 거 위험하지 않아요? 요즘 애들은 다 여리여리하고 예뻐 보이던데, 그러다 불미스러운 일이라도 생기면 어쩌시려구요?

그들은 결코 보건진료소장들을 한자리에 앉게 하지 않는다. 따로따로 찾아다니고, 따로따로 불러내어 그 사람의 성향과 처지에 맞게 역할을 주며, 하나하나 갈라서 친다.

-보건진료소는 마을 사람들이 진료를 받는 곳이에요. 얼굴은 물론 진료받는 장면까지 카메라에 노출될 텐데, 이제라도 간담회를 하고 사전예고도 별도로 하셔야 해요. 관련법에 그렇게 하도록 규정되어 있어요.

-CCTV설치 안 했다가 화재라든가 무슨 일 생기면 대표가 책임지실 건가요? 이건 시에서 보건진료소장들 신변보호를 위해 어렵게 의원님들을 설득해서 예산책정을 해 준

우리가 사는 이곳이 눈 내리는 레일 위라면

거예요.

-설치하지 말자고 하지 않았어요. 다만, 그런 배경을 혼자 알고 계시지 말고 간담회를 통해서 해 주세요. 가장 중요한 건 카메라에 노출될 당사자들을 대상으로 한 설명이니까요.

-무슨 얘길 하는 거지?

안금련은 혼잣말처럼 중얼거린 후 전화를 끊는다.

연오는 곧 CCTV 관련 법령에 근거해 건의형식의 문서를 만들어 결재를 올린다. 병원 진료실이나 대중목욕탕 내부에 CCTV를 설치할 수 없듯이 보건진료소장들의 책상이 놓여 있는 곳은 진료실의 일부이므로 법령에 따른 내부적인 '관리운영지침'을 만들어 달라는 내용이다. 안금련은 문서를 결재하지 않고 '보류'로 넘겨 놓고 있다.

퇴근 무렵, 연오의 스마트폰으로 안금련의 전화가 온다.

-물론 신연오 진료소장 말대로 하는 것이 맞아요. 원칙은 내부적으로 관리운영지침을 만들어서 구체적인 열람권한자도 명시해야 하는 거죠. 근데 법이 있어도 현장에 맞지 않지 않으면 지킬 수 없는 거예요.

-어떤 점이 현장에 맞지 않다는 건지요?

-아니, 늘 어떻게 법대로 하고 살아요?

안금련은 언성을 높인다.

-늘 법대로 살기 어려워도 공존하기 위해 서로 최소한의 것은 지키라고 하는 것이 법이죠. 과장님은 그걸 지켜야 한다고 말씀하셔야 할 위치에 있어요.

-하여튼 골치 아프게 하시네요. 솔직히 형편도 우리보다 좀 낫게 산다고 하던데, 왜 그래요?

-지금 그게 무슨 말씀이세요? 과장님은 월급 안 받고 일하세요?

-나도 퇴직하면 전원으로 이사 가서 풀 뽑고 살려고 해요. 하지만 그게 쉽지만은 않을 것 같은데, 신연오 씨는 벌써 그렇게 살 준비도 되어 있다면서요?

연오는 안금련의 그 말이 스스로 자신이 확고한 하이에 나라고 인정하는 것처럼 들린다.

-저는 퇴직에 대비하여 시골로 이사 온 게 아니라, 아파트에서 자폐증 아이를 키우기 어려워서 시골로 이사 온 거예요. 아무 데도 갈 곳 없는 아이를 위해서요!

또 이런 설명을 해야 한다.

-그것도 여유가 있으니까 했겠죠! 장애 아이가 있어도 티도 안 내는 직원들이 있는데, 너무 유난 떤다고 생각하지 않아요?

-티를 못 내는 건 어쩔 수 없는 선택이지 정답은 아니에요. 이렇게 대가를 치르는데 누가 티를 낼 수 있겠어요?

안금련이 잠시 침묵을 지킨다.

-힘들고 외로울 거라는 거, 알아요. 그래서 저도 인사기록카드에 기재된 사항을 보고, 직원들을 설득하기도 해요. 신연오 진료소장이 상대적으로 근무연수에 비해 변변한 국외연수 기회도 없었고, 또 다소 불이익이 있었다는 거 누구나 알아요. 그래도 지금 자기 가까운 데 있는 사람들을 본인이 설득하지 못하면 아무것도 안 돼요.

사정을 다 알면서도 가까운 데 있는 사람들을 설득하라고 하는 것은 결국 힘 있는 그들에게 무릎을 꿇으라는 뜻이다.

며칠 후, 어느 도서지역 외진 곳에서 발생했다는 성추행 사건이 공무원 사회에 묘한 파장을 일으킨다. 피해자는 여자 공무원이고, 가해자는 여럿이다. 곧 안행부에서 '여직원 혼자 근무하는 공공기관에 대한 대책 마련'이라는 공문이 내려왔다. 안금련은 간담회를 소집했다. 안금련은 매우 난처한 표정으로, 그러나 가능한 한 아무렇지도 않은 것처럼 보이려고 애쓰며 대책 마련에 대한 의견을 묻는다.

-그럼 CCTV 설치를 어떻게 하는 것이 좋을지 신연오 대

표님부터 말씀해 보세요!

　-저는 이미 지난번에 문서로 제 의견을 말씀드렸어요.

　안금련은 아직도 그 문서에 대한 결재를 완료하지 않고 있다.

　-보나 마나 설치하지 말라는 문서를 보냈는가 보네! 자꾸 그렇게 트집을 잡으면 예산 따느라 고생한 분들은 어떻게 하라는 건지!

　때로는 상급기관 직원들 편에 서는 구애신이 현명한 것 같기도 하다. 그렇게 살아남아서 네트워크를 유지하고, 이후 자식의 삶까지 염두에 두어야 한다. 대부분 그렇게 산다. 자식을 위해 악착같이 살아야 하는 건 연오도 마찬가지다.

　-신임들은 의견 없어요?

　안금련이 좌중을 둘러본다.

　-저기, 구애신 선생님 사업계획 결과보고서 올리는 거 보면, 시보건소 홍보물품을 받아서 마을 주민들에게 나눠 주는 것 같던데…… 과장님! 저희도 같이 주셨으면 해요.

　간담회 주제와는 좀 거리가 있는 것이지만, 백승이가 의견을 낸다.

　-그거, 선거법 위반이라고 해서 이젠 안 돼요.

안금련이 연오를 흘낏 보며 대답한다.

-아, 과장님! 제가 그 전부터 말하려던 건데, 신임직원들요, 앞으로 보건휴가 낼 때 생리대 인증샷 올리게 하는 거 어때요? 무조건 한 달에 한 번 보건휴가 내서 쉬는 게 말이 돼요? 진짜인지 아닌지 어떻게 믿어요?

구애신은 일부러 회의를 방해하는 것이 분명하다. 무슨 말인가를 하려던 신임직원들도 결국 모두 입을 다문다.

안금련은 예산을 이미 받았으므로 9개 보건진료소 내·외부에 감시카메라를 모두 설치할 것이며, 대신 시보건소 건물에서 중앙관제식 모니터링을 하려던 처음 계획은 철회하겠다고 말한다. 공공기관에 대한 감시카메라 설치목적은 직원에 대한 감시가 아니라 청사관리 차원이어야 하고, 따라서 열람자는 건물관리자인 근무자가 하는 것으로 제자리를 찾은 것이다.

-카메라를 내부에 설치하면 검정 비닐을 씌워 두면 되잖아? 저 사람들이 자기들 마음대로 못하면 그냥 있을 사람들이야?

백승이가 회의실을 나오는 연오 뒤에서 들으라는 듯 짜증 섞인 소리를 내지른다. 연오는 이제 백승이의 기세가 구애신 못지않다는 생각이 든다.

동산보건진료소에 공무원들의 발길이 완전히 끊겼다. 대신, 평소 서로 연락이 없었고, 마주쳐도 먼저 외면하던 사람들이 갑자기 밥을 같이 먹자고 전화를 하거나, 보건진료소 문을 열고 들어오며 별일 없냐고 묻는다. 연오가 그들을 붙잡고 하소연이라도 하면 그들은 이미 계획된 답변을 할 것이다. 처음 듣는 얘기이고 믿어지지는 않지만, 실제로 그 정도인지는 차차 알아보겠다고…….

'비밀의 화원' 주차장에 차가 없다. 정원은 일 년 전 이맘때처럼 꽃의 향연이다. 벽을 기어오르는 담쟁이와 그 아래서 무더기로 피는 과꽃이 가을을 부르고 있다. 연오는 반건조 오징어 한 축을 들고 안으로 들어간다. 경혜가 주방에서 나오며 오징어를 받아든다.

-뭘 이런 거까지 들고 오냐?

-지난번에 와인이랑 잘 먹었잖아.

-그게 벌써 언젠데? 이런 거 나한테 주지 말고…… 아, 아니다. 고마워. 잘 먹을게.

-꽃은 누가 가꾸니?

-내가 가꾸지.

경혜는 오징어가 든 종이가방을 주방에 갖다 두고 온다.

-혹시 능소화는 안 좋아해?

-능소화는 갑자기 왜?

-아니, 그냥! 사무실에서 잘 피고 있었는데, 이상하게 올해는 꽃이 피지 않아서 그래. 그게 한 번 꽃이 피면 해마다 더 많은 꽃을 피우는 거잖아?

-그 꽃을 보면 언니가 생각나서…… 이로에 살 때 우리 집 뒤뜰에 있었거든.

-그랬구나.

-그보다 넌 진짜 대단한 거 같다.

-뭐가?

-아니, 검사님이 얼마나 기가 막혔겠냐? 6급 지방공무원이 그런 일에 변호사를 턱 데리고 나타났으니…….

경혜가 어떤 경로로 들었는지는 알 수 없다.

-그 말 하려고 불렀어?

-두루두루…….

-또 뭐?

-넌 동산만 안 떠나면 되는 거지?

책과 영화를 이야기하고, 미지의 세계로 가서 꿈을 펼치며 살고자 했던 소녀들은 어느덧 개운치 않은 모습으로 퇴락의 뜰에 서 있다.

-네가 왜 또?

-넌 동산에 당분간 더 있고, 대신 백승이라는 후배는 잊어 버려. 걔는 네 편도 아니잖아? 백승이가 어디로 가든 모른 척하고 연장자 우선 배치라는 명분으로 가.

구애신이 했던 주장과 같다.

-너희들이 왜 나서냐구?

-네가 옳다고 생각하겠지만, 네 정당함만 지켜 줄 수는 없는 사정도 있을 거야. 그게 또 입장에 따라서 정당하게 보이지 않을 수도 있고.

-그래서 나를 언제까지 동산에 둘 수 있대?

-그건 내가 모르지.

-그것도 모르면서 나를 불렀어?

-네가 하기 나름 아닐까?

-오호!

-넌 정말 조직에 안 맞아. 어떻게 그렇게 융통성이 없냐?

-조직 구성원은 원칙적으로 융통성이 없어야 해. 왜 자꾸 장난을 쳐?

-구애신과 네가 가장 연장자라면서? 명분 좋잖아? 연장자 둘이 선호지역에서 계속 근무할 거라고 대표인 네가 말하고, 나머지 다른 곳에는 누가 발령이 나든 신경 쓰지 마.

그리고…….

-그만해라. 나, 간다!

연오는 고개를 저으며 비밀의 화원을 나온다. 그들이 다시 덫을 놓는다는 느낌이 든다. 인사권자들이 할 일을 이런 식으로 미루는 건 책임을 지지 않기 위해서다. 예상되는 백승이의 반발은 연오가 감당하게 하려는 것이다. 경혜는 그저 그들이 하는 말을 듣고 그 기준에서 연오를 평가하고 조언하고 있다.

18

'가/나/가'를
아니라고 하는 이유

        정기 인사철도 아닌 11월 초에 보건진료소장들에 대한 재배치 문서가 전자시스템에 올라왔다. 부서 내 이동이므로 최종 결재자는 부서장인 안금련이다. 첨부된 문서에는 해굿시 9개 보건진료소를 선호지역 순으로 '가/나/다'로 각 3개 지역씩 분류했다.

  2년 남짓 근무한 신임직원들과 장애자녀에 대한 고충사유가 있는 연오는 재배치 대상에서 제외되었다. 근무지를 옮겨 달라고 강력히 요구한 구애신과 노미경, 그리고 백승이의 요구도 반영되었다. 그러나 구애신에 대한 배려 조치는 이해되지 않는다. 그동안 '가' 지역인 동산에서 20년 근무했고, 그 이후로 현재까지 '나' 지역에서 근무하고 있는 구애신을 다시 '가' 지역으로 보냈다. 그렇다면, 구애신의 선호지역기준 근무지경력은 '가/나/가'로 정리할 수 있다.

이번에 구애신의 새 근무지로 결정된 곳은, 시내에서 20분 걸리는 바닷가 마을이다. 거리와 근무조건이 동산과 비슷하며 노미경이 과거 20년간 근무한 지역이다. 구애신처럼 현재 '나' 지역에서 근무해온 노미경은 구애신이 근무하던 '나' 지역으로 옮기게 되었다. 노미경의 근무지는, '가/나/나'이다.

한 번도 선호지역에서 근무하지 못했던 백승이는 마침내 '가' 지역으로 가게 되어 '다/다/가'로 정리된다. 백승이가 가게 된 마을은 연오가 첫 발령을 받은 최오지에서 십년간 근무하다가 은서를 어린이집에 보내기 위해 어렵게 갔던 선호지역이다. 이 마을에서 근무하다가 보건소장 X에 의해 다시 최오지로 밀려났다. 연오의 근무경력은 현재 '다/가/다/가'가 된다. 당분간 '가' 지역인 동산에 그대로 근무하며 은서를 등교시킬 수 있게 되었다.

문서에는 4년 후에 다시 보건진료소장들에 대한 재배치가 이루어질 것이라고 명시되어 있다. 그렇게 되면, 인사

규정의 틀이 만들어진 것이나 다름없다. 연오는 안도하며 당분간 후회 없이 일하면서 성인이 되어가는 은서와의 삶을 차분하게 설계하면 되리라고 생각한다.

퇴근 시간이 가까운데 앞발을 소리 내어 짚는 발자국 소리가 타박타박 들린다. 백승이의 발소리가 틀림없다. 연오는 자신도 모르게 두 손으로 머리를 감싸 쥔다. 문득 백승이가 중학교 시절 단짝의 머리채를 잡아 칠판에 짓찧었다는 장면이 그려진다. 문이 열린다.

-선배와의 통화기록을 지우다가 짜증 나서 조퇴했어요.

진료실 소파에 털썩 앉는 백승이는 전투가 시작되었다는 것을 알리러 온 사람처럼 비장해 보인다. 연오는 백승이의 표정을 보며 기어이 연오를 겨냥하러 온 것 같다고 생각하면서도, 영문을 알 수가 없다.

-그걸 왜 지워?

연오는 책상 앞에 앉아 모니터에 시선을 준 채 태연한 척 말한다.

-당연히 지워야죠. 선배랑 제가 통화를 자주 했다는 걸 알게 되면 저한테 좋을 거 없잖아요?

-원하던 대로 된 지금 왜 그런 것까지 신경 쓰지?

우리가 사는 이곳이 눈 내리는 레일 위라면

-그래요. 저는 굳히기에 들어가는 거예요. 그래서 오는 길에 시보건소에 딸기 한 보따리 사다 줬어요. 겨울딸기는 맛있긴 하지만 너무 비싸더군요.

-그러면 됐지, 여길 왜 왔어?

-행정계에서 도배도 해 주고, 건물도 손 좀 봐주기로 했어요. 저, 이제 새 출발할게요. 제가 말했잖아요? 이랬다저랬다 하며 살아야 안전해요. 굽히지 않으면 부러진다구요.

-그래 무슨 말인지 아니까 이제 가. 나, 집에 가 봐야 해.

-선배보다 힘든 건 우리였다는 거, 그건 아셔야 해요. 선배는 앞으로도 딸내미 핑계 대며 여기 있을 거잖아요?

연오는 회전이 되는 책상용 의자를 약간 돌려 백승이를 한동안 바라본다.

-이번에 네가 얻은 썩 괜찮은 밥그릇도 그 덕으로 얻어 낸 거야. 나 아니었으면 보건소장 X가 했던 것처럼 형평성에 맞지 않게 재배치했어. 아니?

-그래서 고마워하라는 건가요?

-그건 너의 버전이고…… 지금 나한테 이럴 필요는 없다는 거지.

-선배는 구애신이 동산에 다시 오면 왜 안 된다는 거예요? 구애신이 잘 돼야 우리가 편한데…… 이렇게 되면, 앞

으로 제가 힘들어진다구요!

연오는 다리에 힘이 풀린다.

-난 네가 내게 계속 경고했듯 변덕을 부릴 거라는 건 염두에 두고 있었지만, 이렇게까지 나올 줄은 전혀 몰랐네. 구애신과 너, 나 셋이 잘 지내고 싶다고 했잖아? 셋이 선호 지역에 있게 됐는데 또 뭐가 불만이니?

-구애신이 원하는 곳이 아니잖아요! 저라면, 제가 장애 아이를 낳았다면 이미 옛날에 시설로 보내고 아무 데나, 보내 주는 곳 아무데서나 그냥 근무했을 거예요.

-그래? 넌 장애아도 안 낳았는데 왜 '다' 지역에만 근무한다고 징징댔어?

-그런 적 없어요. 선배가 원칙대로 하겠다고 하니까 그냥 지켜본 거죠.

-그래, 원칙대로 넌 '가' 지역에 갔고 내가 널 배신한 것도 아닌데 왜 그러냐구?

-그런 게 왜 이상해요? 책도 많이 보면서 그런 걸 몰라서 물어요? 인간은 다 그런 거 아닌가요? 사람 사는 세상에는 속과 겉이 다른 사람이 필요한 거예요. 속과 겉이 같은 사람은 이용할 때만 필요한 거죠!

-그래서 늘 이용당해 줬잖아?

연오는 백승이가 상속자의 의자에 앉을 자격이 충분하다고 생각한다. 전이화처럼 사용기한이 끝난 연오를 얼른 쳐내기 위해, 그런 역할로 세력가들로부터 연오를 대표로 만들어서 써먹은 자신의 치부를 용서받고 그들로부터 인정받기 위해, 보여 주기 위한 행패를 부리러 온 거다.

-어쩌면 우리를 쥐고 흔드는 건 선배인지도 몰라요.

연오는 자리에서 벌떡 일어나 백승이를 바로 보며 말한다.

-내 말 다 들어. 전이화 취임식 날, 내가 손짓한 의자에 너는 단 1초의 망설임도 없이 앉았어. 나는 서운하면서도 다행이다 싶었지. 오늘 재배치 결과를 보면서, 나는 너에게 최선을 다했고, 네가 듣고 싶어 하던 그 고마워하라는 말에 대한 계산도 다 한 거라고 생각했어. 너도 그렇게 받아들일 줄 알았고…… 그런데 너는 오히려 그걸 인정하기 싫어서 이렇게 어깃장을 놓는 것 같은데…… 그래, 너답지. 너다운데, 그래도 아무리 막장이어도 이러는 거 아니라고 생각해.

-그때 선배는 제가 그 의자에 앉길 바라지 않는다는 걸 알았어요. 하지만 앞으로 선배가 저를 지켜 줄 수 있는 건 아니잖아요?

백승이의 뺨에 눈물이 흘러내린다.

-누가 누굴 지켜? 우린 상하관계가 아니라 그냥 동료이니까 서로 협력하자고 했잖아?

-선배는 어려운 여건에서도 자신을 강철같이 지켜왔죠. 선배가 이렇게 오래 버틸 수 있다고 생각한 사람은 아무도 없을 거예요.

-또 그 소리! 그래서 뭐?

-한 가지만 부탁하고 갈게요. 혹시라도 그만둘 거면, 병원 그만둔 제 친구를 오게 할 생각이에요. 선배가 떠난 후, 저 혼자 왕따 당하며 살 수는 없잖아요? 선배라면, 이해해 줄 거라 믿어요.

백승이가 문을 닫고 나간다. 다시 타박타박 소리를 유난히 내며 멀어진다. 연오는 탈진한 것처럼 주저앉는다.

백승이가 돌아간 후, 계속 여기저기서 전화와 문자 메시지가 온다. '기존 직원들은 다 옮겼는데, 혼자만 재배치 명단에 없는데 무슨 일이에요?', '서로서로 사이좋게 돌아가면서 근무하지 왜 그렇게 혼자만 거기 있으려고 해? 보건진료소가 거기뿐인가?', '자기 이제 그 자리가 안 어울려. 왜 잘난 사람이 아직 거기 있어? 후배들도 좀 생각해.', '그만둔다는 소리가 들리던데 며칠 자로 나가는 거야?', '해긋시 보건진료소에 자리가 난다는 소문이 있던데 언제 신임

우리가 사는 이곳이 눈 내리는 레일 위라면

을 뽑나요?', '대표이시니까 알거라고 생각하고 문의합니다. 결원이 발생한다고 하던데, 채용공고는 언제쯤 나는지요?'…….

연오 스스로 내려놓게 하려고 누가 계획적으로 벌집을 쑤신 것 같다. 누구의 짓일까.

늦은 퇴근길을 재촉해 마당에 들어서는데 스마트폰으로 전화가 온다. 안금련이다. 옆에서 울부짖으며 아우성을 치는 소리가 들린다.

-딸이 졸업을 언제 하는지요? 참 어려운 상황이니까 좀 도와줬으면 해요.

안금련의 목소리는 겁에 질린 것처럼 들린다.

-무슨 일인지요?

연오는 가방을 어깨에 멘 채 마당 한가운데 선다. 저녁 노을 빛깔이 예쁘다. 어느 영화에 나온 대사였더라? 먼지가 많은 날일수록 노을이 예쁘다고 했던가.

-아이가 학교를 졸업하면 곧바로 동산을 떠나겠다는 약속을 지금 당장 좀 해 줬으면 해요.

연오는 심호흡을 한다. 4년 후에나 재배치한다는 문서를 안금련 스스로 번복하고 있다.

-무슨 일이냐구요?

-그냥…… 좀 그렇게 해 주면…….

-과장님!

-누구나 자기 입장이 있는 법입니다.

-그걸 조율하는 것이 과장님의 역할이죠. 인사란 적재적소, 당위성, 고충을 기준으로 한다는 것, 굳이 제가 말해야 해요?

안금련은 대답하지 않는다.

-과장님, 지금이라도 한자리에 다 불러 놓고 간담회 형식으로 공론화하세요. 이미 재배치 문서를 완료하신 상황에서 저를 비공식적으로 압박하는 것은, 명백한 인사비리입니다!

-인사는 비공개로 할 수 있는 고유권한이에요!

안금련의 목소리에는 어느덧 연오에 대한 원망이 담겨 있다.

-그럼 비공개로 해서 완료하세요.

무슨 말인가를 더하려고 하지만 목소리가 나오지 않는다. 연오는 쇳소리를 내며 수화기를 붙들고 있다.

과장이 전화를 끊을 때, 연오의 스마트폰에서 카톡음이 들려온다.

〈장애자녀를 이유로 재배치에서 배려될 수 있다는 관련 법을 빨리 좀 알려 주세요. 급합니다.〉 전이화 소장이다.

　연오가 출근해서 전자문서함을 열자 보건진료소장들에 대한 재배치문서가 다시 올라와 있다. 안금련은 자신이 한 인사를 하루 만에 번복했다. 번복된 인사에서 구애신을 지금의 자리에 계속 근무하게 하여 구애신의 근무경력은 문서상 '가/나/가/나'로 변경되었다. 단 하루만 '가' 지역이었다가 다시 '나' 지역이 된 것이다. 노미경도 20년간 근무했던 선호지역으로 되돌아가서 '가/나/나/가'가 되었다. 변경 사유는 구애신의 '청원'이라고 되어 있다.

　누구를 상대로, 무슨 사유로, 실제로 청원을 하긴 했는지, 그들이 공개하지 않으면 아무도 알 수 없다. 안금련은 곧 퇴직을 앞두고 공로연수에 들어간다.

19

그 말을
이제야 하게 되네

푸른 파도에 얹힌 하얀 거품이 시린 공기를
뿜으며 모래사장을 적신다. 갈매기 떼가 파장이 높은 파
도를 좇는다. 먹이를 위해 파도 위를 곤두박질치는 갈매
기처럼, 먹고살아야 한다는 이유로 온갖 곡예를 하지만,
모든 것은 저 모래 위에 스러지는 거품처럼, 점점 숱이 없
어지는 노인의 머리카락처럼, 결국은 소멸로 가는 여정이
다. 연오는 집에서 준비해 온 간단한 도시락으로 점심을
먹은 후, 차를 타고 바닷가를 한 바퀴 돈 다음 사무실로 들
어온다.

사무실 책상 위에 두고 간 스마트폰에 문자 메시지가 와 있다.

〈내일은 수능을 보는 날인 관계로 특수반 학생들은 가 정체험학습입니다.〉

은서는 그동안 모의고사를 모두 봤고 성적표도 집으로 왔다. 연오가 별도로 수능을 안 본다고 말한 적이 없었고, 담임이 따로 전화해 묻지도 않았다. 그 과정이 생략된 채 통보가 왔다.

연오는 은서의 담임에게 메시지를 보낸다.

〈은서는 수능을 안 보나요?〉

퇴근 시간이 될 때까지 대답이 없다.

오후 8시, 은서는 방에 누워있다. 스마트폰 벨이 울린 다. 담임은 낮 동안 다른 학생들의 진학지도로 몹시 바빴 다고 한다. 연오는 그 말을 들으며 은서는 '학생들의 진학 지도' 대상이 아닌가 하는 생각을 한다.

-은서 어머니. 특수반 다른 학생들도 모두 수능을 보지 않기로 했어요.

-선생님. 그런 얘기는 한 번쯤은 진학상담을 하면서 말 해 줬어야 하지 않을까요?

-다른 부모들은 모두 동의했어요.

-다른 부모와는 사전에 의논하셨다는 말씀이시군요.

담임은 다른 학생들과 특수반 학생들을 구분하고, 다시 다른 특수반 학부모들과 연오를 따로 구분하고 있다. 동의했다는 부모들은 연오가 해굿고교에 특수반 설치를 요청하기 위해 함께 학교를 방문하자고 했을 때 동행하지 않았던 부모들이다. 아마도 학교 측에서 특수반 학생들은 수능을 보지 않게 하는 것으로 결정하면서 형식적으로나마 학부모들에게 통보했고, 그 과정에서 연오에게는 연락하지 않은 것 같다.

-굳이 수능을 보려고 했다면, 어머니가 먼저 은서 일정을 챙겼어야 하지 않나요?

-그보다는 선생님이 다른 학생들 수능을 접수하면서 은서를 제외시킬 때, 제게 연락을 했어야 하지 않을까요?

-다른 건 적극적이신 분인데 그냥 아무 말이 없으니까…….

-지금 그 책임을 제게 묻는 건가요?

-정 그렇다면 수능을 보지 않고도 대학을 갈 수 있게 하면 되잖아요.

-선생님……!

-이게 되돌릴 수 있는 일은 아니거든요. 수능 접수는 이미 8월에 끝났고, 아시다시피 당장 내일이면 수능을 보는 날이잖아요? 솔직히 그게 문제가 될 수 있다고 생각해 본 적은 없어요.

-법이 보장하고 있는데 선생님께서 그렇게 말씀하시니까 마음이 아프군요.

-바빠서, 다음에 또 연락드릴게요.

스마트폰에는 늦은 시간까지 밴드와 단톡방에 글이 올라왔다는 알림음이 뜬다. 수능 엿을 주고받은 인사를 하며 서로 격려하는 글들이다. 연오는 스마트폰 전원을 꺼버린다.

수능일이므로 공무원 출근시간이 오전 10까지로 늦춰졌다. 그러나 연오는 은서를 집에 두고 9시 전에 사무실 문을 연다. 마을 노인들은 습관대로 평소처럼 올 것이다. 오전 10시. 안마의자나 다른 물리치료기구들이 있는 건강증진실은 노인들로 모두 채워진다.

연오는 건강증진실을 나오다가 주차장으로 들어오는 차를 바라본다. 운전석에서 내리는 노란색 운동화에 초록색 캐시미어 카디건을 입은 여자, 경혜다.

19 그 말을 이제야 하게 되네

연오는 책상 앞에 서서 랩가운 주머니에 손을 넣은 채 문을 열고 들어서는 경혜를 바라본다.

-무슨 일?

-꼭 그렇게 드라이하게 물어야 되냐? 그냥 지나가다가 들렀어. 근처 횟집에 전복 좀 사러 왔거든.

경혜는 누런색 종이가방을 들고 연오 앞으로 다가와 마주 선다.

-오늘 널 보니까 갑자기 생각났는데, 넌 아이는 없어?

-빨리도 묻는다. 아들 하나 있는데 서울에서 학교 다녀.

-대학생?

-응. 미국 갈 때 데리고 나갔다가 다시 영어 특기자 전형으로 의대 들어갔어.

-그런 것도 있구나.

-아. 이렇게 계속 세워 둘 거야? 앉으라고 좀 해봐.

-그래, 거기 앉아.

연오는 소파를 가리키며 경혜와 마주 앉는다.

-은서, 말이야.

-왜? 서울대 특수반에라도 보내 주려고?

-난 니 친구야. 은서 특수학교에 안 보낼 거야? 거기 전문대 과정 있다며?

우리가 사는 이곳이 눈 내리는 레일 위라면

-이제는 특수학교 홍보까지 해?

-참, 너두!

경혜가 손을 뻗어 연오의 어깨를 살짝 치며 야속하다는 표정을 짓는다.

-내가 뭐?

-그래. 알았어. 말할게. 꼭 누가 시켰다고 생각하지는 마. 다 끊어진 세계에 사는 건 사는 게 아니야. 그것보다는 나을 것 같아서…….

-평생 다 끊어진 세계에 살게 하지 않으려고 특수시설에 보내지 않는 거지. 우리도 늙어서 시설에 가게 될까봐 두려워하면서 너무들 하는 거 같아.

-귀찮아서 그런 거지. 귀찮으니까 그걸 주장하는 부모가 못마땅한 거야.

연오는 경혜의 과감한 동의에 웃고 만다. 경혜도 어처구니없다는 듯 웃는다.

-경혜야. 너 모르지? 은서의 고향은 오지 마을 산속 사무실이란다. 그곳에는 어린이집이 없어서 시내에 아파트를 얻었는데 은서를 받아 주는 곳이 없더라. 그래서 남편이 은서를 돌본다고 퇴직을 하게 됐고 부모 모임도 만들어서 연대하며 정말 열심히 살기도 했어. 그런데 그게 죄였는지

255   19 그 말을 이제야 하게 되네

그때부터 우리 부부를 조여 오기 시작했고, 남편은 이제 볼 수조차 없는 사람이 되었어. 나도 지금 버티지만 으깨져 가는 느낌이야.

-그래. 너희 부부가 줄곧 일반학교에 특수반 설치를 요구해 왔다는 거, 어떤 손님이 와서 그런 말을 하더라. 은서 네에게 빚진 부모들이 많지만, 그래서 오히려 더 외면한다고 말이야.

-한마디로 그건 우리 부부가 공무원이면서 윗선에 기여하는 삶을 살지 않은 것에 대한 대가라고들 하잖아? 하지만 난 지금도 잘 모르겠어.

-그래서 걱정돼. 이렇게 다 끊어지면 어떻게 사니?

경혜의 뺨에 눈물이 흐른다.

-바다가 있잖아. 너 그거 아니? 바다는 거절을 안 해.

-뭐라고?

-그런데 나를 지탱하는 힘은 따로 있었어.

경혜가 연오를 바라본다.

-그게 뭐니?

-이 말을 이제야 하게 되네. 언젠가 들렀던 친구의 집, 내 머릿속에 각인된, 피아노 소리와 라디오 소리가 흘러나오던 그 집, 그렇게 살 수 있을 때까지 버텨 내야 한다고 생

각했어.

-그래. 너는 기억하고 있구나. 그런데 그게 다는 아니야. 우리 언니는 장애가 심한 건 아니었어도 부모님이 돌아가신 후, 조현병을 앓았어. 내가 이혼을 구실로 외국으로 간 건 어쩌면 언니를 피해 도망친 것이기도 해. 언니는 몇 년 전 시설에서 죽었고, 난 사실 그 소식을 듣고 돌아온 거야.

-어차피 그렇게 죽을 수밖에 없다 해도 가족과 함께 사는 모습이 가장 좋았잖아?

-그래. 사실 나도 언니랑 살아 볼 생각도 했지만, 자신이 없었어. 우리 부모님도 아쉬운 것 없는 분들이었지만 너무도 외롭게 지내시다가 돌아가셨거든. 언니는 결혼도 못했으니 사람들이 청첩장도 안 보내오고, 그런 식으로 사람들과 점점 멀어지더라.

건강증진실 안에서 기침소리가 나더니 누군가 연오를 부른다.

-소장! 나 안마의자 하는 중인데 물 좀 줘!

경혜가 일어난다.

-나, 갈게. 또 보자. 그리고 이거…….

연오는 정수기에서 물을 따라 노인에게 주고 진료실로 나온다. 탁자 위 경혜가 두고 간 종이가방을 열어 본다. 누런색 종이가방에 붉은색 상자가 들어 있다. 상자를 열자 수가 놓인 하얀 린넨이 접혀 있다. 연오는 린넨을 책상 위에 놓고 펼친다. 가운데 부분에 주홍빛 능소화 한 송이가 잎도, 줄기도 없이 커다랗게 수놓아져 있다. 네 가장자리에 수놓아진 줄기와 이파리 문양이 가운데 있는 큰 꽃송이를 받치고 있다. 연오는 상자에 남아 있는 작은 카드를 펼친다.

레이지 데이지 스티치를 기억해 준 나의 친구 연오야. 너는 피식, 웃겠지만 어쩐지 알려 주고 싶어. 이 식탁보를 접어서 상자에 넣으며 문득 찾아보았더니 능소화의 꽃말이 여자의 명예라고 하더라. 그동안 많은 세월이 흘렀어도 너는 나의 레이지 데이지 스티치를 기억하고, 나는 책을 좋아하던 너를 잊지 않았네. 그렇듯, 늘 딸의 곁을 지켜야만 하는 너의 삶과, 외과의사가 되고 싶어 하는 내 아들을 위해 오래 일해야 하는 나의 삶에 대해, 우린 서로 위로가 될 수 있을 거라고 생각해. 언제까지나 너의 친구인 경례.

연오는 능소화 수가 담긴 상자를 옆에 내려놓고 명예퇴직 신청서 서식을 출력한다. 이 사건이 시작되면서부터 내려받아 놓은 것이다. 퇴직사유를 뭐라고 적어야 할지 모르겠다. 법규에는 조직 내 강압이나 강요에 의한 퇴직이 없도록 한다는 취지에서 부서장 면담을 거치게 되어 있다. 부서장을 만날 수 없는 상황에서는 그저 규정일 뿐이다.

안금련과 연락이 닿지 않은 지 여러 날이다. 변호사 비용을 받기 위한 시정조정위원회 개최도, 퇴직처리 전 면담도 부서장인 그녀를 통해야 한다. 연오는 용건을 메일로 보낸다. 점심시간이 훨씬 지나서야 전화를 한 안금련의 목소리는 밝고 부드럽다. 부서장 면담 관련 이야기는 하지 않은 채 동산보건진료소 외벽에 진료소장의 퇴직 사실을 알리는 현수막을 거는 것이 어떻겠냐고 묻는다. 황당하지만 무슨 얘긴지 알아들었다. 부서장인 안금련은 명퇴 신청서에 도장을 찍기 전까지는 연오를 피하겠다는 얘기다. 공개적으로 마을 사람들에게 알리는 방법으로 연오의 퇴직을 기정사실화 한 다음, 주민대표가 청원하는 형식으로 그들이 원하는 후임자를 요청하도록 하겠다는 뜻이다. 연오의 명퇴를 처리하는데 시보건소는 아무 개입도 하지 않았다는 그림을 그리고 싶은 것 같다.

연오는 안금련에게 규정에 따른 처리를 원한다고 말한다. 안금련은 대꾸 없이 전화를 끊는다. 곧 전자문서에는 안금련의 휴가일정이 올라온다. 열흘간이며 행선지는 스페인이고, 사유는 가족여행이다.

퇴근시간을 한 시간 남겨 두고 연오는 시보건소로 향한다. 전이화는 문밖에 남자 직원들을 배치한 채 집무실에 앉아 있다. 연오는 전이화의 책상 위에 행정 봉투를 올려놓는다. 이미 안금련으로부터 보고를 받았을 전이화는, 봉투에서 신청서를 꺼내 잠시 본다. 그리고 책상 위에 내려놓으며 오른쪽 팔꿈치로 지그시 누른 채 연오를 바라보며 말한다.

-꼭 이래야 돼? 일 년 더 있다가 나랑 같이 나가도 좋을 텐데…… 쓸데없이 고집을 피우네.

-인수인계 문서는 동산보건진료소 책상 서랍에 있습니다. 신청서에 쓴 퇴직 희망 날짜가 되려면 한 달 정도 남았으니까 내일부터 그 한 달을 장기재직휴가를 포함해서 남은 휴가일수로 처리해 주시면 될 거구요…….

전이화는 시선을 피하며 약간 고개를 숙인다.

-그 기간에 시정조정위원회 개최를 요구해 소장님께서 제게 약속하셨던 변호사 수임료 보전을 처리해 주세요.

전이화가 딴전을 피우며 다시 유들유들 웃는다. 의도한 대로 이룬 자의 여유처럼 보인다.

-신연오 씨! 돈 그렇게 없는 건 아니잖아? 그 변호사 비용인가 뭔가 꼭 그렇게 받아야 하는 거야? 그리고, 세상 그렇게 법대로, 원칙대로 되는 거 아니라는 거, 아직도 몰라?

-돈이 조금 있으면 억울한 일을 당해도 가만히 있어야 하나요?

전이화는 잠시 굳은 표정을 지어 보이며 연오의 얼굴을 빤히 쳐다보다가 다시 빙긋 웃는다.

-신연오 씨도 이젠 적은 나이는 아닌데, 아직도 그런 생각으로 살면 너무 피곤하잖아? 딸내미 키우면서 부딪혀 봤겠지만, 그런 거 세상사는 데 별 소용없어.

연오는 말없이 돌아선다. 문밖을 막 나서는 연오의 등을 향해 전이화는 좀 전과 사뭇 다른 어투로 소리 높여 말한다. 그건 분명 연오에게 하는 말이 아니라 밖에 있는 다른 직원들이 듣기를 바라는 말처럼 들린다.

-나무그릇 그거…… 우리집 거실 탁자에 두고, 오는 손님들에게 내가 자랑하고 있어. 귀한 후배가 나에게 선물한 거라고…….

문밖에 있던 남자 직원들은 이미 철수했다. 그러나 숨어서 지켜보는 눈들을 연오는 느낀다. 로비는 적막하다.

20

우리가 사는 이곳이
눈 내리는 레일 위라면

　　연오는 거실 소파에 앉아 8시 티브이 뉴스를 본다. 중앙뉴스에서는 수능시험을 치르고 부모와 함께 여행을 떠나는 학생들로 인천공항이 붐빈다고 한다. 연오는 작은 방으로 들어가서 캐리어를 꺼내고 짐을 챙기기 시작한다. 해굿공항에서 바로 블라디보스토크로 가는 노선이 있다.

　-은서야. 비행기 탈까?

　은서가 연오를 바라본다.

　-비행기이!

은서는 어릴 때 비행기를 두 번 정도 탔는데 기억을 하는지 알 수 없다.

-엄마랑 비행기 타고 놀러 갈까?

-타자!

제인 에어에게 날아온 상속의 소식처럼 연오는 금은보화를 얻은 듯 기쁘다. 강제된 적막 속에 갇히지 않고 사람들 속으로 갈 수 있게 되었다. 피할 수 없는 고립이 다시 덮친다고 해도, 조금은 미루어 두고 싶다. 연오는 작년에 입었던 롱 패딩을 꺼내서 손질한다. 은서는 빨간색, 연오는 흰색이다.

패딩을 입은 모녀가 해긋국제공항 승객대기실 벽거울 앞에 손을 잡고 선다. 은서는 연오보다 한 뼘 정도 키가 더 크다. 은서의 빨간색 패딩에 연오의 흰색 패딩이 대비되어 연오는 더욱 왜소해 보인다. 이제 곧 비행기를 타면, 블라디보스토크에 도착해 시베리아 횡단열차를 타고 이르쿠츠크까지, 그리고 이르쿠츠크에서 하룻밤을 묵은 다음, 다시 버스를 타고 오지인 바이칼호수까지 갈 것이다.

비행기가 이륙하면서 굉음이 들리자 은서는 큰 소리로 말한다.

-쉿! 조용히 해!

검지를 입술 가운데 대고 주변을 향해 말하는 듯한 은서의 행동은 아마도 학교 친구들로부터 배운 것 같다. 은서가 수업시간에 혼잣말을 하면 친구들이 은서에게 그렇게 했을 것이다. 주변 승객들은 특별한 반응을 보이지 않는다. 은서는 연오의 손을 잡은 채 창밖을 보거나 앞을 보다가 눈이 마주칠 때마다 한껏 웃어 보인다. 연오도 은서를 향해 이를 드러내며 소리 없이 한껏 웃는다.

블라디보스토크 시내에 도착한 것은 정오 무렵이다. 예상한 만큼 춥지는 않다. 시베리아행 횡단열차는 밤 8시로 예약되어 있다. 연오는 패딩 위에 모자와 장갑, 그리고 머플러로 무장한 은서의 손을 잡고 거리를 걷는다. 은서의 손을 잡고 이렇게 아무런 시선을 의식하지 않고 걸어 본지 너무 오래되었다.

고풍스러운 자태에 색감이 있는 건물들이 눈길을 끈다. 도로는 차로 덮여 있고, 땅은 군데군데 남은 잔설과 빙판 일색이다. 이런 회색의 적막하고 을씨년스러운 동네는 연오에게 익숙하다. 단순하지 않게 모양을 낸 건물의 창틀과 덧창, 그 안에 드리워진 하얀 린넨 커튼에 수놓아진 레이지 데이지 스티치, 그 모든 것들이 정겹기만 하다. 전혀 해석할 수 없는 간판 글자와 우월한 젊은 여자들의 외모는 비현실적이어서 오히려 안심된다. 이따금 누더기를 겹겹이 걸친 거지들이 간절한 눈빛으로 지나가는 사람들을 쳐다본다.

-은서야.

-네!

-여긴 러시아야.

-러시아야!

-러시아에는 유명한 작가들이 많단다. 안톤 체호프, 막심 고리키, 레프 톨스토이, 보리스 파스테르나크, 표도르 도스토예프스키…….

연오는 노쇠한 노인이 그리운 시절을 의미 없이 불러내듯 나열한다. 책을 딛고 여기까지 버텨 왔다. 고립될수록 책 앞에서 심호흡하고, 책 속에서 설레고, 책을 덮으며 다시 살아나기를 반복했다. 은서는 아무 말도 듣지 않은 것처럼 걸음을 늦추며 다른 곳을 바라본다. 길가에 있는 카페 안의 조그마한 주홍빛 조명이 따뜻하게 느껴진다.

-은서야!

-네!

-배고프지?

-배고프지!

카페에 들어가 자리를 잡고 앉자 종업원이 주문을 받으러 온다. 문자를 읽을 수가 없어서 사진을 보고 손가락으로 가리킨다.

연오는 햄버거와 감자튀김, 우유, 커피를 주문한다. 햄버거는 채소 없이 빵과 연어와 치즈로 되어 있다. 은서는 가끔 먹던 바다마을 버거와 달라서인지 버거를 경계하는 듯한 눈빛으로 바라볼 뿐 먹지 않는다. 그러다가 어느 한 곳에 눈길을 고정하고 미동도 하지 않는다. 은서의 눈길을 따라 시선을 좇다가 연오는 어느새 눈시울이 뜨거워지는 것을 느낀다. 아빠가 아이의 손을 잡고 날아가는 새를 바라보고 있는 모습이 담긴 스노볼. 연오는 계산을 하고 스노볼을 은서의 손에 들려 준다. 레버를 당겨 작동시키면 스노볼 안에는 눈이 내리고, 맑은 실로폰 소리가 울린다.

스노볼을 안은 은서의 손을 잡고 연오는 기차역으로 향한다.

기차역 출입구 앞에서 여자 차장이 손전등을 비춰 여권과 승차권을 일일이 확인한다. 적당히 살집이 있는 몸을 감싼 검정색 유니폼은 단호한 느낌을 준다. 미소 짓지 않

우리가 사는 이곳이 눈 내리는 레일 위라면

는 흰 피부의 얼굴은 차가워 보인다. 날카로운 시선으로 여권을 확인한 후 다시 돌려주던 차장이 스노볼을 안고 있는 은서를 향해 미소를 지어 보인다.

낯선 이국땅, 찬바람이 부는 검은 플랫폼, 그러나 마치 밤바다 위에 던져진 하얀 목련같은 그 미소는 이렇게 말하는 것 같다. '불안하니? 불안할 때는 나처럼 차갑게 가장을 해봐. 그러면, 조금 덜 두렵기도 해.'

열차는 4인 1실이다. 다른 손님이 없다면, 위 칸에 짐을 놓고 아래 두 칸에서 자면 될 것 같다. 티켓은 'lower'라고 적힌 아래 칸이다. 은서는 어릴 때 침대 밑이나 구석을 찾아다녔다. 아파트에 살 때는 손님이 오면 베란다로 나가 구석진 곳에 숨거나 방에 딸린 벽장으로 들어간다. 그런 기억으로 본다면, 은서에게 이 여행은 불편하긴 하더라도 오히려 불안하지 않을 수도 있다. 은서가 가장 두려워하는 것은, 설명 없이 갑자기 바뀌는 낯선 환경이다.

은서와 연오가 누울 침대 사이에 통로가 있고, 통로 창쪽으로 작은 탁자가 놓여 있다. 각자의 침대 머리 쪽으로 매달려 있는 독서등도 마치 가난한 집의 작은 방 불빛처럼 느껴진다.

어둠 속에서 유리창이 거울이 된다. 연오의 얼굴이 창에 비친다. 연오는 창에 비친 자신의 표정이 조금은 편안해 보인다고 생각한다. 소명서와 보온병을 넣은 가방을 안고, 령을 넘어 징계위원회에 출석하던 안개 자욱한 그날이 떠오른다. 그때는 날카롭고 초췌했다. 창틈으로 들어오는 찬 공기는 첫 근무지였던 오지의 보건진료소를 떠올리게 한다. 겨우내 눈이 덮여 있던 그 마을에는 가지고 싶었으나 가질 수 없는 것들이 없어서, 좋았다. 세상 밖의 모든 것을 체념할 수밖에 없어서, 또 좋았다.

연오는 곧 은서를 데리고 화장실에 가서 얼굴과 손을 씻기고 물을 묻힌 칫솔로 양치질을 시킨다. 그리고 소변을 보게 한 다음 침대에 눕게 한다. 차나 비행기에서 은서를 두고 이국의 열차 안에서 혼자 잠들게 될까 불안하다. 그러나 은서는 달리는 기차 안에서 곧 잠이 든다. 연오도 독서등을 밝히고 침대에 비스듬히 누워 발터 벤야민의 《모스크바의 일기》를 읽는다.

1926년 모스크바의 어린 노숙자.
구걸 행위는 남쪽 지방처럼 공격적이지 않다. 남쪽 지방에서의

구걸이 아직 일말의 생명감을 드러내고 있다면 이곳에서 구걸
은 죽어 가는 자들의 집합체다. 그들은 마치 '모스크바'라는 거
대한 야전병원에 놓여 있는 침대들 같다. 하지만 구경꾼들에게
적선하는 것을 보기는 힘들다. 이곳에서 구걸은 자신의 가장 강
한 토대를, 동정보다 더 크게 지갑을 열게 만드는 사회적 양심
의 가책이라는 토대를 상실했다.

연오는 '토대가 상실된 곳'에서 다시 살아 내기 위해 여
기까지 왔다. 자신의 20대처럼 다시 갇히거나, 은서를 가
두고 싶지 않다. 그게 타인의 삶을 해치는 범죄는 아니라
고 누군가 말해 주면서, '늙은 긍정의 얼굴'로 다시 살아갈
수 있도록 도와주었으면……. 아직 그런 바람을 포기하지
못했다. 연오는 책을 덮고 눈을 감는다.

창밖 저 멀리서 불그스름하게 동이 튼다. 잎을 떨군 자
작나무와 잔설이 작은 창 너머에서 끝없이 이어진다. 하바
롭스크역에 기차가 정차한다. 연오는 다른 사람들처럼 기
차에서 내린다. 은서는 아직 자고 있다.

차장이 몸을 숙여 기차 바퀴 밑에 얼어붙은 얼음을 깬
다. 사람들이 화장실을 사용할 때 흘러내린 물이 누렇게
얼어붙어 있다. 연오는 역 광장까지 바람 쐬러 가는 승객

들을 뒤따라가다가 되돌아선다. 잠든 은서를 두고 갈 수가 없다. 그 자리에 서서 멀리 있는 역 광장을 바라본다. 무표정하게, 긴 다리로, 대체로 혼자, 묵묵히, 모자를 쓰고, 부츠를 신고, 털옷을 입은 사람들이 걸어간다. 대화를 나눌 수 없는 사람들의 거리처럼 보인다.

은서가 차창으로 밖을 보고 있다. 연오는 은서를 향해 손을 흔들며 객실로 들어온다. 은서는 다시 침대에 누운 채 스노볼을 작동한다. 연오는 준비해 온 인스턴트커피 두 개와 휴대용 밥과 반찬을 챙긴다.

기차 안에서는 뜨거운 물은 무료, 차가운 생수는 유료라고 한다. 홍차는 넉넉하게 마실 수 있다. 연오는 은서를 데리고 식당으로 가서 차장에게 휴대용 밥을 좀 데워 달라고 부탁한다. 밥이 데워지는 동안 연오는 티백 가루 된장을 뜨거운 물에 푼다. 반찬은 이국의 풍경과 기차 달리는 소리, 그리고 집에서 준비해 온 멸치볶음과 조미김이다. 연오는 밥을 데워 준 차장에게 인스턴트커피 두 봉지를 건넨다. 차장이 어제의 그 하얀 목련 같던 미소를 다시 지어 보이며 커피를 받는다. 그리고 은서에게 손을 가볍게 흔든다. 어쨌든 연오와 은서는 여행 중이다.

우리가 사는 이곳이 눈 내리는 레일 위라면

기차로 나흘간을 달려 이르쿠츠크에 도착한다. 어둠과 안개가 서서히 내리는 숙소 뒤로 안가라강이 흐른다. 우선 목욕부터 해야 한다. 나흘 동안 얼굴은 대충 닦고, 손만 씻었다. 연오는 집에서 준비해 온 라벤더향 입욕제를 욕조에 푼다. 욕조에 앉은 은서는 보라색 볼이 물속에서 기포를 만드는 모습을 바라본다. 은서가 몸을 담그고 있는 동안, 연오는 스마트폰으로 음악을 찾는다. 은서가 좋아하는 동요 메들리다. 과수원 길, 어머니 은혜…… 등대지기. 이렇게 익숙한 것에 기대며 새롭게 사는 연습을 해야 한다.

드라이어로 머리카락을 말려 주는 동안, 은서는 눈을 지그시 감으며 거울 속에서 웃는다. 15년, 유치원에 가기 전 어린이집까지 더하면 17년, 어딘가에 매달려 레일 밖으로 튕겨 나가지 않기만을 바라며 이렇게 은서를 등교시키고 출근했다. 그 시절은, 짝사랑만은 아니었던 것 같다. 그 시간들은, 연오와 은서에게 다시 올 수 없는 꽃 피고 물든 시절이었을지도 모른다.

기차 안에서 차창을 통해 보이던 자작나무 숲은 바이칼호로 가는 버스 안에서도 여전하다. 창밖 나무들은 마치 회칠한 듯하다.

-화장실!

스노볼을 들고 차창가에 앉아 있던 은서가 갑자기 연오를 돌아보며 소리친다. 가장 염려하던 순간이 왔다. 현지인 기사가 버스를 어떻게 멈추게 되었는지 경황이 없다. 연오는 은서의 손을 잡고 허둥지둥 버스에서 내려 무조건 언덕 아래로 달리기 시작한다. 달린다고는 하지만 무릎까지 오는 눈 위를 헤쳐 나갈 뿐이다.

-그만!

은서가 소리치며 바지를 내린다. 연오는 버스에 탄 사람들의 시선을 의식하며 반사적으로 뒤를 돌아본다. 몇 걸음 뒤에 한 여자가 뒤따라오고 있다. 연오는 버스를 탈 때 그 여자의 배낭에 달린 노란색 리본을 보았다.

-이거요.

여자는 연오에게 자신의 목에 두른 주홍색 모직 숄을 건넨다. 여자와 연오가 숄의 끝과 끝을 잡고 은서의 하얀 엉덩이를 가린다. 눈 위에 은서의 엉덩이가 닿자 여자가 발로 눈을 밀어낸다.

-고마워요.

-고맙긴요. 아이가 몇 살인가요?

-열아홉 살요.

-작년에 고2였겠네요?

-네.

-수학여행도 다녀왔나요?

연오는 그 순간, 얼어붙는 듯하다.

하얗고 푸르고 차가운 세계, 순수하고도 무방비의 어떤 세계에 무엇인가 예기치 못한 변수가 생길 때, 그것은 단지 점 하나와 같은 존재로, 소리도 없이 사라져 간다. 전할 수 없는 공포, 소리치지 못한 사랑, 그 상상할 수 없는 불가항력을 경험한 영혼들을 연오는 위로한 적이 없다.

-괜찮아요. 잘 다녀왔나 걱정이 돼서요.

여자는 은서의 장애를 알아보고 걱정하는 눈치다. 연오를 본 후 다시 먼 곳에 시선을 두는 여자의 뺨이 수척하다.

-서울 투어라고 해서 보냈어요. 아이가 여행으로 서울로 놀러 가는 건 그때가 처음이었거든요.

-그렇죠? 보내길 잘한 거죠? 들떠 있던 아이를 보낸 게 잘못은 아닌 거죠?

여자가 입술을 깨물며 잠시 눈을 감았다가 뜬다.

-그럼요. 남들 다 하는 좋은 일에 자식을 보내고 싶지 않은 부모가 있을까요?

은서는 볼일을 보고 몸서리를 한 번 치며 연오를 쳐다본다. 연오는 은서를 닦아 주기 위해 솔의 끝을 여자에게 건넨다.

샤휴르따 선착장에 세 대의 사륜구동 미니버스가 대기하고 있다. 러시아인이 운전하는 미니버스를 나눠 타고, 제한속도가 10km 이내라는 표지판을 보며 얼음 위를 달리기 시작한다.

얼음이 겹겹이 얼어 안전하다고는 해도 시야 가득 하늘과 호수와 바위만 보이는 길은 막막한 공포심을 준다. 무서워도 여기서 멈추거나 되돌아갈 수는 없다. 연오와 은서는 어떻게든 이 예측할 수 없는 세계와 함께해야 한다. 만약, 양자가 함께할 수 없는 이물이라면, 어느 대척점에서는 생과 멸로 갈리지 않겠는가.

미니버스는 끝없이 펼쳐진 눈 덮인 빙판 위를 달려 바이칼 호수에서 가장 큰 섬이라고 하는 알혼섬 불한바위 주변에 멈춘다. 사람들이 하나둘 차에서 내린다. 연오는 은서의 손을 잡고 승객 중 마지막 순서로 차에서 내린다.

-아, 저기가 불한바위구나.

먼저 차에서 내려 빙판 위에 선 일행들 사이에서 탄성이

우리가 사는 이곳이 눈 내리는 레일 위라면

흘러나온다. 털모자와 머플러로 얼굴을 감싸고 두꺼운 외투로 성장을 한 사람들은 얼음 위에 눕거나, 뛰거나, 얼음이 깨진 곳에서 바이칼 물을 성수처럼 마셔 보기도 한다. 연오는 배낭을 멘 은서의 손을 잡고 우두커니 서서 그 모습들을 지켜본다. 그때, 불한바위 앞 한 지점에서 애절한 탄식 소리가 들린다.

-안 돼! 미안해에에에! 얼마나 춥니이? 내 아가야! 얼마나 춥니이?

모두의 시선이 그쪽을 향한다. 얼음 위에 주홍빛 숄이 나부낀다. 여자가 두 팔을 벌려 숄을 맞잡고 흔들며 굿인지 퍼포먼스인지 모를 춤사위를 하고 있다. 잠시의 웅성거림, 그러나 그뿐이다. 곧 모든 시선은 걷힌다.

다시 탄성을 지르고, 뛰고, 눕고, 물을 마신다. 불한바위 앞 한 지점을 제외한다면, 빙판 위에 있는 사람들에게 지금 이곳은 샹그릴라와 다름없는 것 같다. 어쩔 수 없는 두 개의 세계를 바라보며 연오는 은서의 이름을 부르며 해변을 헤매던 날들을 떠올린다.

-달님! 안녕?

은서가 고개를 젖혀 달을 바라보며 손을 흔든다. 하얀 낮달이 은빛 구름에 안긴 채 끝없이 펼쳐진 호수 위에 떠

있다.

　-그래, 달님!

　바람 소리와 냉기가 모녀를 휘감는다.

-별이 없어요!

　-별은, 밤에 와서 빛나는 거야.

　은서는 배낭에서 스노볼을 다시 꺼낸다. 맑은 실로폰 소리가 울리며 눈이 내린다. 은서의 눈에도 아련한 눈이 내린다. 연오는 마치 레일 위를 달리는 스노볼 속에 있는 것 같다.

　　　　　우리가 사는 이곳이 눈 내리는 레일 위라면

작가의 말

이른 새벽에 저수지 근처를 돌아다니는 건 그녀와 나뿐이었다. 긴긴 우기에 길 위로 물이 넘치는 날에도 우리는 종종 저수지에서 만나 멀리까지 산책을 다녀오곤 했다. 비바람에 우산이 뒤집힌 날, 뒤집힌 우산을 잡고 걸음을 멈춘 나에게 그녀가 말했다. 소설가가 될 수 없는 세계에 산다는 것은, 소설가가 될 수 있는 세계에 산다는 말과 같은 거야.

여름의 끝에서 그녀가 온통 빨강인 맨드라미 모양의 우산을 양산처럼 쓰고 정류장으로 걸어갔다. 버스가 모퉁이를 돌아 완전히 보이지 않을 때까지, 나는 우리가 걸었던 길을 따라 그녀를 배웅했다. 지난밤, 우리는 보이지 않는 길을 보이는 길이라고 믿어 온 그 길을 계속 걷는 중이라는 말을 나눴다.

*

《아웃》에 이어 다시 인연이 된 문학수첩 관계자분들, 그리고 이 책을 읽을 모든 분들에게 감사의 인사를 전한다. 서울문화재단의 연희문학창작촌 집중지원 작가 선정, 한국문화예술위원회의 후원을 받은 토지문화관 입주 작가로 이 소설을 썼다.

2021년 봄의 길목에서

작가의 말

우리가 사는 이곳이 눈 내리는 레일 위라면

초판 1쇄 인쇄 2021년 3월 29일
초판 1쇄 발행 2021년 4월 9일

지은이 | 주영선
발행인 | 강봉자, 김은경

펴낸곳 | (주)문학수첩
주소 | 경기도 파주시 회동길 503-1(문발동633-4) 출판문화단지
전화 | 031-955-9088(대표번호), 9536(편집부)
팩스 | 031-955-9066
등록 | 1991년 11월 27일 제16-482호

홈페이지 | www.moonhak.co.kr
블로그 | blog.naver.com/moonhak91
이메일 | moonhak@moonhak.co.kr

ISBN 978-89-8392-857-3 03810